丁一鹤 / 著

底线
情悔

QING HUI ①

中国文联出版社
http://www.clapnet.cn

金炉犹暖麝煤残。
惜香更把宝钗翻。
重闻处，余熏在，
这一番、气味胜从前。

背人偷盖小蓬山。
更将沈水暗同然。
且图得，氤氲久，
为情深、嫌怕断头烟。

《翻香令·金炉犹暖麝煤残》
—— 宋·苏轼

目 录

contents

第一篇 情人反目太惊心 / 001

第二篇 新婚博士杀娇妻 / 017

第三篇 主任血腥灭情妇 / 029

第四篇 神秘日记揪真凶 / 043

第五篇 淑女猎手一地血 / 055

第六篇 单身女人需设防 / 067

第七篇 女警花碾碎屈辱 / 077

第八篇 雇凶夺夫竟被杀 / 089

第九篇 雇亲杀妻爱恨仇 / 103

第 十 篇　挥刀护爱砍情敌　/ 115
第十一篇　百万买断他人命　/ 125
第十二篇　挪用公款需罢手　/ 145

第十三篇　商业贿赂不应该　/ 161
第十四篇　国家损失死未招　/ 173
第十五篇　下海杀手扼深喉　/ 205

第一篇

情人反目太惊心

某机关党委书记梅长林雇凶杀情妇，向不法男女敲响了警钟：个别以反腐为由的官员情妇们，自以为掌握了官员贪腐和生活糜烂的证据，祭出反腐的“撒手锏”迫使官员就范，岂料此举往往引火烧身。

这说起来仿佛很刺激，但最终总是两败俱伤。社会险象环生，情场风云变幻，谁陷入这个泥潭都很难拔出泥腿。无论他们当初怎么对情人好，到了自己受到威胁的关键时刻，绝不会怜香惜玉，都会拿出快刀斩乱麻的血腥手段。

法院以故意杀人罪判处梅长林死刑后，梅长林被法院验明正身执行死刑，为这场闹剧画上了句号。

这点事，说麻烦很麻烦，说简单也挺简单：你要断他的仕途，他就断你的性命，而且毫不留情。

38 岁那年是梅长林的幸运年。这一年，梅长林成为某城区的城管大队队长兼书记，遇到了比他小 7 岁的红颜知己赵丽莹。

梅长林一直在机关单位工作，因为英俊帅气，为人豪爽，在单位里很有人缘，仕途也出奇得顺利。

担任领导职务的梅长林是处级干部中的少壮派，尤其让人艳羡的是，城管大队长除了老百姓所知道的城管职责外，还有一项工作就是配合拆迁。因此，很多拆迁公司都要巴结梅长林。

当时，城区旧城改造正在如火如荼地进行，配合拆迁的城管大队长梅长林，在当时拆迁圈子里很有名，被坊间称作“梅哥”“梅爷”。

拆迁公司结交梅长林这样的实权干部，其实并不需要更多的花样。酒桌上小酒一端，三两句恭维话一说，再有两三个美女往边上一坐，交杯酒一喝，基本就能说上话甚至交上心，其他的事情就好说了。

梅长林就是这么跟美女经理赵丽莹先交杯后交心的。当时，跟梅长林交好的几个拆迁公司人员中，张伟华和董劲松都是拆迁公司的部门经理，是梅长林两个关系最好的“小老弟”。时年31岁的美女赵丽莹，也是一家拆迁公司的经理，是梅长林最好的“小妹”。赵丽莹大龄单身，皮肤白净，大眼睛、双眼皮，气质高雅，酒场上也是爽快麻利，很对梅长林的胃口。趁着酒后脸热心跳的机会，梅长林和赵丽莹互相留了手机号。

此后就是短信交流，接着是单独相约吃饭喝酒。梅长林实权在握，拆迁公司需要他的关照，工作上赵丽莹需要梅长林帮忙。而此时的梅长林结婚十多年，女儿11岁，家庭稳定，也没什么可操心的事情，业余时间与美女一起吃个饭、聊个天，在他看来也不算什么。

“美女，跟我喝酒去，晚上有个应酬。”只要梅长林这么一招呼，赵丽莹召之即来。

互相熟悉之后梅长林才知道，赵丽莹的父母在京北工作，有一弟一妹，家境不错。赵丽莹年过三十仍待字闺中，因为她条件好，并不着急。

自从有了这个红颜知己，梅长林的日子忙碌了不少，一是为了工作，二是为了快乐。要知道，身为实权派人物的梅长林现在权有了，钱也不是问题，身边就缺赵丽莹这么个红颜知己了。

如此下去倒是相安无事，可两个年龄相仿的年轻人频频约会、觥筹交错之后，梅长林还是忍不住把赵丽莹从知心人变成枕边人。反正赵丽莹闲着也是闲着，有梅长林这样的仗义男人呵护，何乐而不为。她把梅长林当成了春闺梦里人。

梅长林找的是情人，可赵丽莹是个未婚女子，她既不想傍大款也并非傍高官，只是觉得梅长林与她年龄相仿，人品也不错，尤其在仕途上还很有发展，作为结婚对象是个不错的选择。她之所以委曲求全坚守着这份感情，正是因为梅长林的那句话："我跟老婆感情不好，要不是她重病在身，我们还有个女儿，早就离婚了。"

实际上，梅长林跟妻子相濡以沫十多年，感情很不错，妻子根本没有任何病，他只是贪图赵丽莹的美色说几句谎言而已，但赵丽莹却当了真。反正赵丽莹三十出头，还年轻，还有的是时间等待。人生就是一场接力赛，赵丽莹觉得，能接上这个优秀男人"病重妻子"的接力棒，也不失为一个美好的结局。

赵丽莹是个有房、有车又有文化的女人，工作、收入都不错，几乎不需要花梅长林什么钱。她要求的是，在梅长林有时间的时候，能够来她的住处共度良宵，两人一起先过起幸福的小日子。

此时，看似春风拂面的温情，却在暗流涌动，因为赵丽莹始终有一种隐忧：每次提到他们的将来，梅长林总是虚与委蛇，巧妙地岔开话题。

赵丽莹曾经不止一次想过与梅长林分手，她甚至尝试过接受一份新的感情，但结果却是，没有别的男人能像梅长林那样征服她。在赵丽莹的感情认知中，梅长林这个男人很有魅力，既有那种霸气，又有侠客的那种豪气，还有干柴烈火般让人欲罢不能的情调。

赵丽莹明白自己的处境，梅长林是个有妻子女儿的男人，要想扶正，不但要搞定梅长林，还要搞定他的妻子。

机会很快来了。

梅长林与赵丽莹这种妙不可言的缘分，不仅仅表现在私会时的耳厮鬓磨，有时候是需要说出来的，尤其是在短信中。

一天，梅长林匆忙上班后发现手机落在了家里，连忙给妻子李小然打电话让她把来电转到自己单位的座机上。李小然在操作转接号码时，无意中看到了赵丽莹发给梅长林的暧昧短信。那种露骨肉麻的对话，即便在夫妻之间都少有，猝不及防的李小然崩溃了。

李小然独自在家哭了半天，想想这个温暖的家，想想十几岁的女儿，再想想跟梅长林这十五年的夫妻情分，最后她决定跟梅长林摊牌，看看他的态度。当晚，梅长林回家后，趁着女儿没在家，李小然问："老梅，你实话告诉我，是不是外面有女人了？"

"是有个女人，跟她上过几回床。"梅长林明白妻子掌握了他出轨的证据，他干脆坦然承认。

"你说怎么办吧？"李小然问梅长林，"你是要我们娘儿俩，还是离婚？你要跟那女人走我不扯你后腿。"

"这有什么可说的，我那只是一时糊涂、逢场作戏，我保证跟那个女人分手就是了。哪有在外面有个女人，男人还要回家跟老婆离婚的？我这就跟她分手，放心吧。"梅长林跟李小然发誓。

李小然没有再追究下去，只是语重心长地劝梅长林说："你想想，咱俩孩子都十来岁了，你出去沾了这点荤腥，搞不好要把自己搞臭了，甚至自断前程，那可得不偿失。我可以原谅你这一次，不因为这事跟你闹，也不跟你离婚，可你自己要弄干净了。别忘了，你混到现在这一步可不容易啊！"

妻子的肺腑之言句句在理，梅长林虽然口头上答应，但面对赵丽莹的温柔乡却难以抽身。反正妻子也不能把自己怎么样，此后他依然我行我素地与赵丽莹同床共枕。梅长林只是提醒赵丽莹说："我老婆知道咱俩的事了，以后咱们接触的时候注意一点，别把风声闹大了。"

“闹大了才好呢，那不正好跟她离婚嘛。”赵丽莹听了反而兴奋起来。

“这事可不能闹，闹出事来把我官闹丢了，咱俩以后喝西北风啊？”梅长林连忙安慰赵丽莹。

让梅长林意想不到的是，赵丽莹表面上答应了他，可背后很快通过梅长林的手机，查到了李小然的电话号码。随后，赵丽莹拨通了李小然的电话：“大姐，我是梅长林的女朋友，我们已经同居了，你们离婚吧，她已经不爱你了。”

听到这话，李小然感觉像吃了苍蝇一样恶心，但她委曲求全地想坚守住与梅长林的婚姻，给孩子一个完整的家，所以她并没有跟赵丽莹发生冲突。在赵丽莹的骚扰电话不停打来之后，李小然更换了手机号码，但不久赵丽莹很快又搞到了她的新号码。李小然不胜其烦又无计可施，最后只得再次更换电话号码。

但是，新号码再一次被赵丽莹查到，新的骚扰电话再次打来，而且家里的门铃经常莫名其妙地被按响，出来一看却没有人。

这样的日子坚持了一年多之后，李小然几乎崩溃了。之后，在李小然的坚持下，他们举家搬到了别的地方。这套设施比较先进的房子在楼门口有铁门把关，需要门禁卡才能进来，起码心理上安全了一些。

果然，换掉电话又搬家之后的李小然，得到了短暂的平静。

而赵丽莹却平静不起来，通过对梅长林的朋友张伟华的旁敲侧击，赵丽莹得知梅长林给妻子买了一套房子，这下她不干了。她逼迫梅长林说：“既然你给她买房，也得给我买！她有的，我也得有。”

无奈之下，梅长林也答应给赵丽莹买房子，但却不希望赵丽莹在市区买，只带着她往偏远的地方跑。最后，赵丽莹看中了位于郊区的一栋高档小区房。梅长林出钱装修房子并购买了全套家具之后，才把赵丽莹安抚下来。

但这种安抚并没有解开赵丽莹心中的纠结，当初的激情过后，她在梅长林这里得到一份“爱情”，还希望得到一份能够继续他们爱情的婚姻。而这恰恰是梅长林给不了的，只要赵丽莹让梅长林跟妻子离婚，梅长林总是能找到一个合适的理由把她挡回来。

令赵丽莹纠结的是，她突然发现珠胎暗结，当她把这个喜讯告诉梅长林时，她原以为梅长林会奉子成婚，没想到梅长林却避之唯恐不及地催促她去做人工流产：“我现在这个位置万人瞩目，干好了很有可能往上走一步，如果这时候生下咱们的孩子，那就毁掉了我的仕途。”在哭过、闹过都没有结果的情况下，赵丽莹只好悄悄去打掉了胎儿。

这次怀孕，给赵丽莹带来的是肉体和精神的创伤，她没想到梅长林会为了前途逼她堕胎。更令赵丽莹到死都没想到的是，她以怀孕逼婚，竟然激起了梅长林的恶念：让赵丽莹在这个世界上消失的念头瞬间闪过梅长林的脑海。

赵丽莹从31岁认识梅长林开始，就把全部身心投入到梅长林身上。与一般的官场情人不同，赵丽莹不要车、房，不要钱，只要一个名分，就是“扶正”。可她并不明白，这恰恰是梅长林不能给予的。

通常而言，官员找情人可以付出那些一文不值的感情，也可以付出一定数额的金钱作为交换，但最不能给予的往往就是这个“名分”。尤其是像梅长林这样的少壮派官员，他还想在仕途上往上奔一奔呢，绝不能因为婚变影响了前程。在梅长林这样的官员眼里，手中有了权，自然不差钱，至于色，自然也可以用权和钱换来。

权、钱、色，一个都不能少，恰恰是当下一些贪官所追求的终极享受。

爱上梅长林这样身在官场的男人，注定是赵丽莹最深重的伤痛，但她却陷入这种虚妄的爱情不能自拔。每次孤零零从工作单位开车回到自己的家，赵丽莹就倍感冷落。梅长林不在身边的日子里，赵丽莹需要有个能喘气、能出声、有温度的活物作为伴侣，小区里的小猫、小狗成了她关注的对象。以往她还对那些把猫狗当儿子的人嗤之以鼻，等她养了一只小狗之后才发现，狗比人更通人性，更惹人爱怜。

赵丽莹无时无刻都期望着梅长林能够娶她，但梅长林总有这样或那样的理由拒绝她。之后，梅长林调任某机关担任党委书记，虽是平职调动但位置更重要了，此时闹婚变显然不合适。赵丽莹明知道梅长林是在敷衍她，但此时她已从一个大姑娘变成一个年过不惑的女人，花容失色，红颜老去，离开梅长林的感情依靠她无法独自行走。

在梅长林面前，赵丽莹是宠物；在猫狗面前，赵丽莹又变成了主人。这种奇妙的感觉，在赵丽莹养狗之后被她一一找到。为此，赵丽莹不但买来一些关于宠物的书，还把自己喂养宠物的感受和方法写成文章，发表在一些媒体上。时间久了，赵丽莹竟然受到读者和媒体的欢迎，有的杂志还给她开辟专栏，特约她担任专栏作家，有的网站邀请她担任版主，尤其是与网友交流时的互动，使她拥有不少粉丝。

爱宠物并没有转移赵丽莹“扶正”的想法，而且随着年龄的增长，这种想法越来越强烈。眼看 41 岁的生日将要来临，在梅长林打出的太极拳面前败下阵来的赵丽莹，再也等不下去了。

闹过几次没有效果之后，赵丽莹决心在中秋节前要一个准确的说法，但梅长林却经常不接赵丽莹的电话。一天深夜 12 点，孤枕难眠的赵丽莹给梅长林发短信说：“今天你有本事关机，反正我明天进城，我去你单位找你，你甭回家。好久没给你闹了吧？我给你的耐心太多了！你打算跟李小然装，跟所有人装到什么时候？真是不见棺材不落泪，我今天就去区里揭穿你，都别过了！”

想起为梅长林堕胎的事情，赵丽莹更加耿耿于怀，她再次给梅长林发短信："你整天想着糊弄我，只关心自己的狗屁前途，对我一点不负责任，自己没那官命还祸害我儿子！这次你还是能拖就拖，我要不跟你玩命你还跟没事人似的，指不定憋什么屁呢！你自己慢慢设计吧，我不跟你玩了！我烦了，没意思，伤心了，不想活了，我死之前也要了你孩子的命，给我儿子陪葬。"

赵丽莹的两次威胁都没有得到梅长林的正面回应。但当年跟在梅长林身边鞍前马后的拆迁经理张伟华突然来找赵丽莹，原因是梅长林交给他一项任务：带着赵丽莹去看房子。张伟华告诉赵丽莹，梅长林的意思是找一处大房子，准备当作梅长林和赵丽莹的婚房。此时，张伟华已经离开拆迁行业，办起了"一对一"的民办教育，坐上了宝马车。

张伟华从干拆迁开始就成为梅长林的小兄弟，没少从梅长林那里得到好处，也经常跟着梅长林一起吃吃喝喝，所以与赵丽莹也非常熟悉。有些梅长林不便出面办的事情，也都让张伟华去办，他们是铁得不能再铁的哥儿们。梅长林找他帮忙，他当然不能拒绝。

在去看房路上的闲聊中，赵丽莹很快从张伟华嘴里套出了她想要的东西。一是梅长林妻子李小然根本没病，更没得什么绝症；二是梅长林不止有两套房产，还有别的资产。

听到这些消息，赵丽莹大吃一惊。付出近十年感情的这个男人，竟然一直跟自己说谎。赵丽莹逼着张伟华说出了梅长林家里的门牌号。

"梅长林这个天杀的，他坑了我一辈子！"赵丽莹咬牙切齿地说。

"我看还是算了吧，毕竟人家是结发夫妻，梅哥对你不薄，就此放手吧，不然你什么都得不到。"张伟华劝她说。

"万万办不到，我既要人又要房！你不帮我，我自己解决！"赵丽莹发狠地说。

中秋节到了，本来梅长林答应跟赵丽莹一起过节，但赵丽莹等了一天一直没等到他。到了深夜，赵丽莹带着一个朋友和张伟华来到梅长林家楼下。赵丽莹给梅长林发短信质问他：“你就跟我算计吧，骗我十年了到昨天还在骗，我都会知道的，早晚跟你算账，到现在都不敢接电话，我不相信你一个月以后能跟我在一起！”

得不到梅长林的回复，赵丽莹先是让朋友以某机关工作人员的名义按响门铃找梅长林，接对讲的李小然称梅长林不在家。接着赵丽莹又逼着张伟华不间断地按响了梅长林家的门铃。李小然不想跟赵丽莹在深夜里发生争执，随即拨打了 110 报警。警察赶到后，劝走了赵丽莹。

赵丽莹给梅长林发短信说：“李小然报警了，两个警察把我堵住了，要了我的身份证，聊了一会儿让我走了，我开车跟了他们一段，把我给甩了，你快点查查吧，别露馅儿了，今天晚上太刺激了，哈哈！天亮速来我家谈事，要不我下午进城去你家车库找你。”

第二天，梅长林并没有如约与赵丽莹见面，而是谎称到自己父亲家。下午 4 点，张伟华打电话告诉梅长林，赵丽莹逼着他去家里闹事的事情，梅长林只说了一句话：“我知道了。”

刚放下张伟华的电话，接着是赵丽莹发来的短信：“今天也没去你爸那儿啊，骗子，被软禁了吧？门铃对讲都不敢接，尿包蛋，你越害怕我越跟你折腾，等着看！”

赵丽莹终于等来了梅长林，两人一见面就为结婚的事发生了激烈争吵，气急之下赵丽莹动手打了梅长林两个嘴巴。最后，赵丽莹与梅长林定下“离婚时间表”：第一天，梅长林告诉自己的父母与妻子离婚，并与赵丽莹结婚；第二天，梅长林与孩子谈离婚、结婚的事；第三天，梅长林与妻子摊牌。

三天过后，赵丽莹催问梅长林，梅长林电话中告诉她说：“我跟父母谈了离婚的事，被骂了一顿，父母说了，不再管我的事。”

赵丽莹想不到的是，正因为这次当面动手打了梅长林并步步紧逼，为她惹来了杀身之祸。

按照原定计划，赵丽莹要赶到了超市门口与张伟华见面，张伟华在附近一个高档小区找到了一套合适的房子，请赵丽莹去看一下。午后，赵丽莹驾驶着自己的本田轿车来到超市后，坐上了张伟华的白色宝马车，然后来到附近的一个小区。

张伟华带着赵丽莹来到事先租好的五楼的一套房内，房门没锁，赵丽莹只看了一眼，就对这处脏乱的房子很不满意。赵丽莹正要发作时，她的脖子早已被身后的张伟华死死扼住，然后张伟华搂着赵丽莹的头用力一拧，赵丽莹的脖子登时耷拉了下来。随后，张伟华用赵丽莹脖子上的丝巾打了个结，把赵丽莹勒死后，又挪到卧室的暖气片旁。

张伟华抻了抻凌乱的衣服锁门下楼。楼下，一个叫董劲松的人在等着他，这个董劲松也是梅长林当年干拆迁过程中认识的小喽啰，正是他与张伟华一起出面租了这套房子。

案发当晚，梅长林得到张伟华的报告后心里还是不踏实，又让董劲松回了趟现场看看情况，董劲松发现赵丽莹死后，给梅长林发了短信。

张伟华带着帮手朱鹏，买了一只大行李箱，开车返回杀人现场，让司机朱鹏帮忙把赵丽莹的尸体装进箱子，放进汽车后备厢，又开车把箱子运到某小区早已租下的房子里。途中，张伟华对朱鹏说：“人是我办的，以后有事你就说帮我抬行李了，与你无关。”

晚上，张伟华又叫来朋友张鹏帮忙，这个张鹏是张伟华的同行。还没等张伟华他们处理完尸体，警方就顺藤摸瓜找到了梅长林。梅长林的供述令警方大为惊讶。早在赵丽莹为梅长林人工流产后，赵丽莹心中不平，开始逼梅长林离婚，从那时起梅长林就开始起意杀人。直到中秋节前，早已预谋杀死赵丽莹的梅长林，命令张伟华下手。

张伟华同意后，两人商议伪造交通事故杀死赵丽莹，并到郊区踩点，准备制造赵丽莹驾车不慎坠入山沟的假象。但张伟华提出需要有帮手接应，梅长林就安排自己的小兄弟董劲松开车去接。后来，张伟华认为伪造交通事故的杀人方法易暴露，提出租房杀人后毁尸灭迹。

中秋节当天，赵丽莹到梅长林家大闹，促使梅长林最终下决心立即干掉赵丽莹。他给张伟华打电话说："这事不能再等了，今天不行明天必须干掉她。"随后，梅长林交给张伟华四万元租房子。杀死赵丽莹后，张伟华提出为处理尸体需要租房，梅长林又给了张伟华十万元。两天后，张伟华又找理由向梅长林要了二十万元。

杀死赵丽莹后，梅长林打电话给赵丽莹的弟弟说赵丽莹外出玩几天，让他帮忙到家里喂狗。当天，赵丽莹弟弟在姐姐家见到梅长林，梅长林表现得特别镇静。几天后，赵丽莹家人一直联系不上赵丽莹，开始产生疑惑。随后，赵丽莹家人在超市停车场找到了赵丽莹的轿车，再三催问梅长林赵丽莹的去向。梅长林反复询问赵丽莹的弟弟："你姐是不是被人绑架了？"赵丽莹弟弟感到梅长林有点异样，但没敢惊动他，当即报了警。

警方通过调取超市附近的监控录像，发现赵丽莹停车后上了一辆白色宝马车，而这辆宝马车正是张伟华的。随后，张伟华、董劲松、朱鹏以及张鹏四人被抓获，他们很快又将梅长林供了出来。

警方认为梅长林有重大作案嫌疑将其控制。经讯问，梅长林承认雇人将赵丽莹杀害。

在法庭上，因为杀人手段太过残忍，检方建议判处梅长林死刑。梅长林对检方的建议感到很惊讶，竟然当庭反问为什么。检方的回答是：证据确凿，手段残忍，无可辩驳，决不宽恕。

落马后，法院以故意杀人罪判处梅长林、张伟华死刑，董劲松等其他三名被告人分别被判处一年零六个月至六年不等的有期徒刑。之后，梅长林被法院验明正身执行死刑，为这场闹剧画上句号。

法院只就梅长林杀人做出判决，并没有认定他是贪官，所以我们不能说他是贪官。但这起杀情妇的案件，却在网络上引发了情人反腐的讨论。

曾经，情妇反腐成为一种口号，或者被称作是新时期反腐的新特点。这其实是一种闹剧，一种戏谑。

这些官员们快刀斩乱麻的手段还有很多，闹到最后的结果除了杀人，还有位子、票子、房子等一切可以动用的手段，即便有个善终，最后受伤的还是女人。

欢场不可久留，错爱终究成空，走错了的早早退出情场决斗，还没涉足的赶紧退避三舍，准备踏入的悬崖勒马。为那些把女人当作玩物，却根本不会对你动感情的人浪费青春甚至丢掉性命，大大不值！

而那些以二奶身份去反腐的做法，最后的结果是，腐败你还没反成，你的躯体却先腐烂了，所以，二奶反腐实在是个谬论。正因为这个谬论，官员的情妇们已经成为最易受到杀害的高危群体。在当下官员杀情妇的案例中，几乎都走着一样的程序：第一部是权色交易成为情人关系；第二步是情妇想“转正”或谋求其他利益而官员不同意或者做不到；第三步是情妇以告发相威胁引发官员动杀机；第四步是官员为摆脱纠缠铤而走险杀情妇。

包养情妇需要花费巨额成本，而这些成本和根本来源来自官员的官位，谁要动摇他的根本，他就会跟谁拼命，情妇当然也不会放过。

情场、官场都像战场，什么坛坛罐罐都可以打破，什么样的好处都可以丢弃，但“根据地”是万万不能丢的。

官位，就是贪官的“根据地”。

谁来拯救贪官的情妇？说穿了，只有自己全身而退，才是自我拯救的最佳方式，别人谁也救不了。

官场反腐风潮，少不了情妇、小三的影子，情妇告倒色官，小偷撂倒贪官，甚至还有老婆孩子不断加入“反腐大军”行列，增加了反腐工作的威力。

在我国古代的司法制度中，存在着两种相互矛盾的价值观：一种叫“大义灭亲”，一种叫“亲亲相隐”。前者指的是为了维护正义，对犯罪的亲属不徇私情，使其受到应有惩罚；后者指的是亲属之间有人犯罪应当相互隐瞒，不告发和不作证的不论罪。

大义灭亲，我们一般人做不到，毕竟，血缘亲情让我们相濡以沫，对贪腐的亲人下不去手。但梅长林彻底让我们见识到了什么叫作“大义灭亲”，也让我们感叹：究竟有着怎样的深仇大恨，让他对长达数年的情人痛下杀手？

说到底，情人要动摇他的根本。

情人反腐可以说是当前官场多样生态化下的一个变种，它的突发性和偶然性注定其不能成为反腐败的一种模式。反腐还要靠制度发力，以制度制约官员手中的权力，从而达到监管的目的才是关键所在，仅靠情人来反腐是走不了多远的。

一些官员情人因为各种缘由义无反顾地加入了“反腐大军”。参与揭发的不是亲人，可以说多是一些比“亲人更亲”的情人。一位长期从事反贪工作的人说：“找到贪官情人，往往就能对贪污贿赂案件的侦破起到突破作用。”

先不去分析这些“无情”的情人们如此意志决绝地站在反腐第一线

的真正原因，但是他们客观上确实帮助司法机关掌握了大量不易掌握的罪证。从这一点来讲，他们是有勇气的。人们不必纠结于他们以往跟高官们的那些风花雪月、风流韵事，也没必要为此贴上有色标签。让正义得到伸张，让贪官们得到应有的惩罚，这才有利于构建一个健康、和谐的社会。

我们不可能指望所有的亲人都成为贪官身边的“卧底”，昔日的有情人都反目为仇，这也不利于构建和谐社会的伦理道德。反腐肃贪，最终还是要依靠制度和监督，真正做到标本兼治、防患于未然。

第二篇

新婚博士杀娇妻

某部委的年轻处长牛景瑞，在市高级人民法院终审被判死刑。在牛景瑞母亲“判得太重了”的哀号中，一位参与办理此案的检察官慨叹一声：“作啊！”

牛景瑞从大学博士毕业后，就职于某部委，先后担任部长秘书、处长。令人难以置信的是，这位法学博士竟在婚后第十天的深夜，举起暗红色的红木花瓶狠狠砸向在读博士的妻子脑袋。此后，这个法学博士竟然伪造了拙劣的作案现场，谎称家中失窃、妻子被害，但很快被警方识破。

一个前程远大的青年才俊何以“作死”？所有的杀人起因都指向了牛景瑞手机上的暧昧短信，甚至有人在网络上称牛景瑞个人生活糜烂。那么，在这条暧昧短信背后究竟隐藏着什么？究竟是什么原因让牛景瑞举起了绝情的血色花瓶？

牛景瑞不在传统意义上的贪官之列，没有证据证明他在金钱上有任何贪腐行为，但他贪的是女人。所谓贪官，其实逃不过三贪：一为贪权，二为贪财，三为贪色。贪图女色，何尝又不是一种贪？

某部委一位厅级领导推开处长牛景瑞的办公室，对刚休完婚假的牛景瑞说：“新郎官，刚从丈母娘那边回来吧？不过今晚你得向你的新娘告假了，晚上有个重要应酬，你参加一下。”

牛景瑞站起来，摘下眼镜揉了一下略微发红的眼睛说：“行，我跟爱人打个招呼。昨天刚回来，有些累。”

“再累也要参加，你是今晚的重要人物哦。”这位领导意味深长地说完，就推门离开了。

的确，在部里，33岁的牛景瑞虽然只是个处级的小字辈，但却是公认最有发展前途的青年才俊。在部里工作不足十年的履历中，牛景瑞已经担任过两个举足轻重的职务，一个是部长秘书，一个是处长。如今，法学博士牛景瑞又娶了博士在读的朱芳柳。牛景瑞向领导请假六天，陪妻子赴回门宴，并陪双方父母去外面旅游，这一趟下来，小伙子肯定累得不轻。

上午11点，牛景瑞穿上黄色风衣匆匆出门，午饭后才赶回来，旁边多了一个黑褐色拉杆箱。随后，他让一位同事将结婚的2.4万元份子钱存在他的银行卡上。

16时，牛景瑞来到那位厅级领导的办公室说：“我妻子电话联系不上，晚上应酬可能去不了了。”

随后，牛景瑞回到办公室用桌上的座机打了几个电话。16点20分，牛景瑞给妻子朱芳柳工作单位的孔处长发短信：“孔处您好，冒昧打扰您，我是朱芳柳的爱人小牛。我今天打她的电话一直没有信号，打办公室电话也没人接，她其他同事的电话我也没有，因为有点着急，只好打扰您了，她在单位吗？”

孔处长看到短信后，连忙拨打没来上班的朱芳柳的手机，对方却处于无法接听状态。孔处长向主管领导汇报后，主管领导让孔处长再联系朱芳柳的丈夫，问问是怎么回事。孔处长拨通了牛景瑞的手机后说：“我们也找不到朱芳柳，要不你回家看看吧，是不是在家里？”

牛景瑞放下电话，急匆匆对同事说：“家里电话打不通，可能出事了，我得回去看看。”

说完，牛景瑞再次向领导请假说：“家里电话打不通，我提前回家看看。”随后，牛景瑞开车离开单位回家。

18时15分，牛景瑞赶回家中，只见妻子躺在沙发上，头上都是血，随即他先打了120急救，又打110报警。

报警后，牛景瑞给老家的父母打电话说：“爸爸，快来吧，屋里进人了，朱芳柳出事了，人没了。”说完就挂断了电话。

随后，牛景瑞把电话打给了好友王子辉说：“家里出事了，朱芳柳受伤了，你赶紧来一趟。”王子辉闻讯后立即驱车前往。

接着，牛景瑞又将电话打给朱芳柳的父亲说：“家里进人了，朱芳柳被打了！”朱芳柳父亲忙问详情，牛景瑞却哽咽着说不出话来。得到消息的朱芳柳的母亲是位资深医生，她连忙打电话给牛景瑞，询问朱芳柳的情况怎么样。

牛景瑞说：“朱芳柳不说话了。”

“你摸摸她的脉搏，再看看她有没有呼吸。”朱芳柳的母亲着急地指点着。

牛景瑞支支吾吾地说：“我已经打了120，他们马上到了。”

急救中心的医生赶到现场后，看见一名女子躺在沙发上，头部有血，血淌在地上有200毫升左右，人已经僵硬。见此情形，医生说：“没有抢救的必要了。”

与急救中心的医生同时赶到现场的，还有民警。经验丰富的民警勘查完现场后，对牛景瑞说：“你跟我们到公安机关走一趟吧，需要做些笔录，你懂的。”

牛景瑞用哀求的眼光看了一眼赶到现场的好友王子辉，王子辉连忙上前搀扶着悲痛欲绝的牛景瑞，跟随来到派出所。

进了派出所的牛景瑞，再也没有出来。

牛景瑞一进派出所，民警就兵分三路忙活起来：一路在案发现场进行勘察；一路赶赴牛景瑞所在单位找到了那个黑褐色拉杆箱；而另一路则是陪着牛景瑞聊天。

与此同时，牛景瑞的两部手机也被民警收走了。

与牛景瑞一夜闲聊之后，侦查员办理了对牛景瑞的刑事传唤手续，拿到分局签发的传唤通知书，侦查员在牛景瑞眼前一亮，他当即软了下来，说："朱芳柳是我砸死的。"

随后，牛景瑞供述了他杀死朱芳柳的前后过程。

牛景瑞与朱芳柳登记结婚后，先回老家举办了婚礼，后到朱芳柳家赶赴回门宴，一周后，牛景瑞与朱芳柳回到自己家中。

从结婚到回到自己家整整十天时间。牛景瑞供述说，回来当天晚上23时，两人因为财产问题产生纠纷。朱芳柳提出结婚时收的聘礼少，接着又说到家庭财产管理的问题，提出让牛景瑞把工资和一些理财产品交给她来保管，并要求牛景瑞在房产证上加上自己的名字。因此，牛景瑞与朱芳柳发生了激烈的争吵。

争吵到气头上，朱芳柳气呼呼地对牛景瑞说："我不会给你生孩子。"这句话，一下子把牛景瑞噎在了那里。

吵了很久之后，两人吵累了，牛景瑞在椅子上眯了半小时，朱芳柳也在客厅的沙发上睡着了。但牛景瑞并没有真正睡着，他越想越生气，睁开眼睛的时候，他看到了客厅里摆着的那个暗红色的红木花瓶。这个红木花瓶是几年前他从好友王子辉办公室里拿来的，足有五六十厘米高，一直摆在客厅里。在牛景瑞眼里，那种像血一样的暗红，刺激着他的神经。

牛景瑞站起来，双手举起血色花瓶朝朱芳柳头部左侧上方的位置猛砸下去。砸了四五下之后，朱芳柳惊醒后呼喊起来。牛景瑞扔掉花瓶，右手按住朱芳柳的脖子，左手从旁边抽过来一条电脑的电源线，把电源线套在朱芳柳的脖子上狠狠勒住。只勒了一会儿，朱芳柳就没有了呼吸。

杀人后，牛景瑞决定伪装一个入室盗窃杀人的现场。他从鞋柜里找出一双平时不穿的皮鞋，还有一副皮手套。穿上皮鞋戴上皮手套，牛景瑞在家里到处翻动，伪造歹徒行窃现场。随后，牛景瑞把朱芳柳钱包内的500元现金和从老家带回来的礼金，装到自己随身携带的黑色手提包里。

伪造完现场之后，牛景瑞把砸朱芳柳的花瓶和沾血的被罩、电源线以及自己沾血的衬衫，放进一个黑褐色的拉杆箱。塞满拉杆箱后，牛景瑞把手套和那双黑色皮鞋、染血的蓝色裤子放进红色纸袋里。

第二天一大早，牛景瑞拉着拉杆箱，拿着红色纸袋子和平时用的黑色皮包，准时赶到单位上班。上午11时，牛景瑞离开单位驾车来到一个小胡同，这里有一处平房，是他在单位附近租的一处隐蔽住处。

牛景瑞把被罩从拉杆箱里拿出来清洗了血迹，又把花瓶放到房间的双人床下。随后，他用锤子把朱芳柳的手机砸碎，把半干的被罩塞到红色纸袋子里，把衬衫、电源线、皮鞋、砸碎的手机和手机卡又放到另一个纸袋子里。牛景瑞拿着这两个纸袋子，走出300米后倒进了垃圾桶里。

刚扔完，牛景瑞怕有人发现带血的衬衫会报案，又从垃圾桶拽出衬衫，带回出租房撕成条状，扔到另一个垃圾桶里。

做完这些，牛景瑞匆匆赶回单位，并把自己的风衣和砸朱芳柳时穿的蓝裤子，送到洗衣店干洗，又让同事把份子钱存在了自己的银行卡上。

整个下午，牛景瑞一直在制造着假象：他先用手机给朱芳柳的手机发短信、打电话，又给朱芳柳单位办公室打电话，随后又给朱芳柳单位领导发短信。

而在自己的单位，牛景瑞先后向领导和同事暗示：他找不到妻子，妻子可能出事了。

回到家后的半个小时内，牛景瑞又打了多个电话，让所有人都知道朱芳柳被“不速之客”杀害了。

可是，牛景瑞的这些伎俩太拙劣了。他家的两道防盗门和紧闭的窗户都没有被撬的痕迹，报案前家中也没有第三人的痕迹，而且朱芳柳早已死亡多时。洗手盆下水口的塑料管里，还存有牛景瑞洗掉手上血迹时的水。这些证据，足以证明牛景瑞就是杀人凶手。

从民警办案的角度，案件侦办到这里已经水落石出，按说可以结案了。

可是，就因为夫妻之间的一次吵架，或者为了谁管理家庭财产、在房产证上加个名字，就会成为一个法学博士杀人的起因吗？显然，这个杀人动机还有些牵强。即便有了口供和足够的物证，没有令人信服的作案动机，这个案子总是有些瑕疵，不能算是铁案。

两人争吵的真正起因到底是什么？案件侦办的突破口又在哪里呢？难道两人经常争吵才导致牛景瑞在外租房居住吗？

这间出租房中也存在着疑问，如果是牛景瑞自己住，为什么小小的出租房里还是张双人床？

警方在对朱芳柳父亲进行调查时，他提供了一个信息说，两人登记结婚后没几天，朱芳柳就哭着对父母说，牛景瑞与本单位的一个女人还有感情纠纷，没有处理干净，由此引发了朱芳柳和牛景瑞两人关系的紧张。后来，牛景瑞向朱芳柳表态，要斩断过去情缘，两人好好过日子，两人关系又恢复了正常。

这个案子背后，是否存在情杀呢？在讯问牛景瑞时，牛景瑞如实交代说：“这房子不是我租的，是周姐出面租的。”

“周姐是什么人？”侦查员连忙问。

牛景瑞如实供述说："周姐是我工作上认识的一个姐姐，她比我大几岁，已经结婚了，我跟她在一起有四五年了，算是红颜知己吧。"

周姐是否跟本案有什么关系呢？根据牛景瑞的供述，警方很快找到了周姐进行调查。事已至此，周姐也不隐瞒，她向警方表示，她和牛景瑞是本单位的同事。因工作需要周姐与牛景瑞开始接触，并有了肌肤之亲。此后，牛景瑞所有的生活细节都会告诉周姐，包括牛景瑞回老家办婚礼，周姐都知道。

牛景瑞处理完作案工具后，发短信告诉周姐自己回来了。周姐忍不住给牛景瑞打了个电话，但因为在办公室，牛景瑞只是支支吾吾说了几句就挂断了。到案发后警察赶到现场，周姐又给牛景瑞打电话，牛景瑞回答说："正有事呢。"随即挂断了电话。

此时，牛景瑞正在家中忙着接受派出所的调查。随后，牛景瑞在去派出所的路上，给周姐发短信说："家里出事了，我爱人死了。"

此后，周姐再也没有了牛景瑞的消息。当然，她并不知道之后牛景瑞的手机就被警方依法扣留了。

最初，警方曾怀疑这间出租屋是不是牛景瑞为杀人而准备，但在调查时发现，这间出租屋的确是牛景瑞让周姐帮他租的，目的只是在单位附近租个房子用来中午午休。当然，这个出租屋更多的功能是牛景瑞与周姐的幽会之所。

警方调查发现，周姐搬进来时，要求房东将所有家具都卖掉，她自己重新添置了一些包括双人床在内的高档家具。而房东曾看见牛景瑞在出租屋出现，以为是周姐的男朋友，也没有多问。

这间出租屋除了房东以外，只有周姐和牛景瑞每人一把钥匙。而周姐租房时，恰好牛景瑞与朱芳柳忙于结婚，小夫妻同居在一起。牛景瑞和朱芳柳在老家举行的婚礼，婚后的牛景瑞不可能将周姐带回家中幽会。那么，在单位附近租房子与情人幽会，应属常理。这间出租屋和周姐，都排除了涉案的可能。

那么，到底又是什么原因导致了血案的发生呢？

得知噩耗的朱芳柳父母赶来了。此时，牛景瑞被带到派出所，朱芳柳已经死亡。

警方深入调查时，朱芳柳的母亲提供了一个重要信息。两人按照当地风俗举办了回门宴后，牛景瑞和朱芳柳陪同双方父母一起去外地旅游。途中经过高速公路服务区，牛景瑞去厕所方便时，坐在副驾驶上的朱芳柳看了牛景瑞遗落在车上的手机后，脸色变得特别难看。

等牛景瑞回来，朱芳柳对牛景瑞说要和他说个事，并拿着手机让牛景瑞看，随后，两人下车走到远处。他们具体说的什么朱芳柳的父母并不清楚，但朱芳柳当时的表情却是满脸质问。

朱芳柳的父亲也说，回门时他就发现朱芳柳和牛景瑞不知什么原因不怎么说话，可以肯定是吵架了。期间，朱芳柳还背着父母拿着手机与牛景瑞谈了一会儿。

因为急着赶火车，两家人急匆匆吃了点午饭。朱芳柳和牛景瑞坐高铁回来。随后，牛景瑞的父母坐当晚火车回了老家。

两人上午的冲突，经过白天的发酵之后淤积到晚上，会不会成为这起血案的动因？牛景瑞手机里有什么内容，会让朱芳柳与牛景瑞的关系突然变得如此剑拔弩张？

突破口难道在牛景瑞的手机上？很快，警方从牛景瑞的手机里恢复了他与多名女性短信往来情况。在这些短信中，有数处涉及男女性事的内容。这些短信内容，如果让夫妻的任何一方发现，足以引起强烈反应。看来，朱芳柳正是看到这些短信后与牛景瑞发生了冲突。

而在案发前，一位叫王云歌的女子发来的短信中，还涉及其与牛景瑞两人的物品归属问题，包括牛景瑞名下一套价值 300 多万元的房子。

这个突然冒出的王云歌又是谁？

警方很快找到了王云歌。王云歌坦然承认，她曾经是牛景瑞的女友。

王云歌和牛景瑞相识后确立恋爱关系，王云歌在牛景瑞的家中同居。一年后两人已经到了谈婚论嫁的地步，但王云歌无意中查看牛景瑞的手机时，发现牛景瑞和一个叫李欢的女子有暧昧关系，性情刚烈的王云歌眼里揉不得沙子，在与牛景瑞吵架半年后，选择了分手。虽然之后还偶尔有联系，但却不经常见面。

这个叫李欢的女子，也是牛景瑞的女友之一。而牛景瑞真正的情人周姐，王云歌当时并不知道。

两个吵吵闹闹的恋人，终于又和好了，但两人并未居住在一起。因为两人和好的时候，王云歌不想重回那个让她伤心的地方居住，而是看上了另外一套房子。两人商量之后，决定各出 50% 的房款买下这套房子，既可作为婚房，又可以作为投资。由于王云歌当时现金不够，由牛景瑞出 220 万元，王云歌出 120 万元签订了买房合同。最终，这套房子落在了牛景瑞名下。

而王云歌并不知道的是，牛景瑞经人介绍，又认识了在读博士同时又是公务员的朱芳柳，两人迅速陷入爱河。

在旧爱王云歌与新欢朱芳柳之间，泅渡了大半年之后的牛景瑞最终选择了朱芳柳。牛景瑞与朱芳柳领取结婚证当天，和王云歌再次正式分手。伤心于牛景瑞的绝情，王云歌之后再没见过牛景瑞的面。直到王云歌听说牛景瑞要结婚，她给牛景瑞发短信问有无此事，从牛景瑞那里得到了肯定的答复。

得知牛景瑞已经结婚并陪新婚妻子回娘家之后，伤心欲绝的王云歌给牛景瑞发短信，商量两人以前物品包括房子的归属问题。这条短信和以往那些露骨的艳情短信，成为朱芳柳与牛景瑞交恶的导火索。

朱芳柳已逝，我们无法准确知道案发那天晚上发生了什么，也无法还原当晚两人吵架的真实情况。应该说牛景瑞的供述是基本可信的，至于牛景瑞杀人的起因，警方也慢慢接近了事件真相。

生于普通工人家庭的牛景瑞，自从进入大学之后，就成为人中龙凤，他不但在大学攻读了研究生，还担任学生会主席。毕业后更是直接到部委工作，成为领导秘书并随后被任命为重要部门的处长。可以想见，他的前途一片光明。而他在这些位置上，不但要风得风、要雨得雨，无论出于爱慕、婚姻或者其他什么原因，牛景瑞的身边不乏异性，苛求牛景瑞守身如玉也不太现实。

仅从我们所知道的几个女人来看，周姐是个已婚女子，这份婚外情应该是与牛景瑞的第一个公开女友李欢同时存在，而此后的朱芳柳又和王云歌同时爱着牛景瑞。直到不得不做出选择与朱芳柳领取结婚证时，他才在领证的同时与王云歌分手。也许牛景瑞也不知道自己该爱谁，但他一直游离于两个以上的女人之间，并沉溺于互发性爱短信，这是他的软肋所在。而这种脚踏两只船的举动，在很多人看来似乎是一种择偶的上佳选择，但很多人并不明白，此举犹如踏在断裂的冰缝两边，冰河开裂之后必然跌落深渊。又像贪吃的狗熊，左手抓一个，右手抓一个，脚上再各踩一个，到时候争夺起来，结果只有两个：要么拽断绳子而生，要么五马分尸而死。

一个人在某些方面高人一筹总会令人羡慕，但因此就认为自己足以决胜于多个战场，在官场与情场之间都能游刃有余，那就大错特错了。官场才俊、商界精英处理不好女人的关系而致身败名裂的例子，早已屡见不鲜。而牛景瑞举起的暗红花瓶，敲下来的却是血淋淋的警钟：自作孽，不可活！

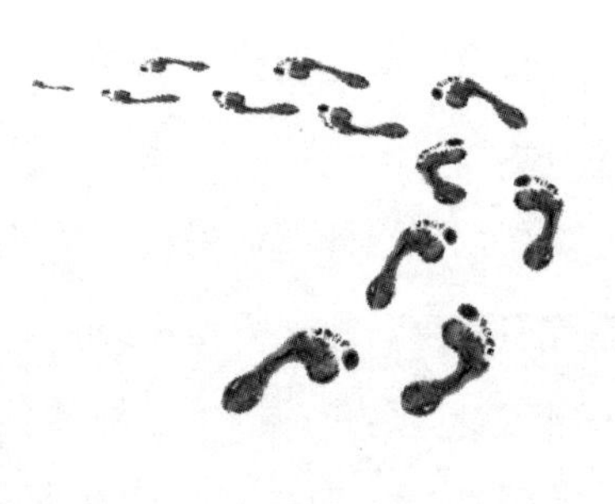

第三篇

主任血腥灭情妇

漂亮女干部柳晓荷要挟包养她的情人，给她100万元作为分手费，想不到迎接她的却是一场杀戮：柳晓荷开车行驶在闹市区时，被人用高科技遥控炸弹炸得粉身碎骨！

这起发生在闹市区的惨烈爆炸案立即引起了上级领导的高度关注，公安部组织专案组彻查真相。五天后，案情迅速告破，令所有人都惊讶不已的是，杀害柳晓荷的幕后凶手竟然是东鲁市人大常委会主任杜国栋！

杜国栋与柳晓荷之间到底有着怎样的恩怨情仇，非要残忍地将其“灰飞烟灭”呢？

提起那场发生在闹市区的爆炸案，东鲁市民至今仍心有余悸。

那是一个喧闹的下午，人们陆续下班，纷纷从办公室涌到大街上，一辆挂着公安内部牌照的蓝色思域汽车穿梭在车流中。女驾驶员刚拿驾照不久，她驾驶着汽车慢慢向前行驶，丝毫没有察觉到即将到来的危险。在她的车后，一直尾随着一辆车，里面的乘客时刻监视着她的一举一动。当思域车行驶到东鲁中山路时，突然间，思域车不小心和一辆捷达出租车发生剐擦，让所有人都意想不到的事情发生了，就在两车相碰的一刹那，一声激烈的爆炸震耳欲聋，巨大的气浪将女驾驶员撕得粉身碎骨，上半身被抛出十几米开外，方圆数十米的范围内全是血水和碎尸。爆炸引起的熊熊大火将两辆车包围，幸亏出租车司机机灵，在身受重伤的情况下挣扎着逃出了死亡陷阱。眼前的一切，吓得周围的市民目瞪口呆，以为发生了恐怖袭击，纷纷逃散。在后面跟踪车上监视女驾驶员的男子看到眼前的惨状后，悄悄离开了。

消防车、警车、救护车呼啸着一路赶来。很快，两辆车的大火被扑灭，但都烧得只剩下乌黑外壳，现场惨不忍睹。因案情重大，警方展开了缜密侦查。根据现场留下的炸药痕迹和爆炸的威力，警方最终确认这是一起有预谋的高科技刑事案件。鉴于案情重大、作案手段极其残忍，具有恐怖袭击的嫌疑，公安部在接到东鲁警方汇报后的当天，立即成立专案组赶赴东鲁展开全面侦破工作。

案件发生后的紧张气氛和公安部门对案件的定性，给原本惨烈的爆炸案蒙上了恐怖的色彩。东鲁被称为全国治安最好的城市之一，是有人故意要制造惊天效果，还是发生了恐怖袭击？各种言论不胫而走，特别是在互联网上，各种版本层出不穷。一时之间市民惶恐不安。为了平息事态，公安部专案组夜以继日地展开了调查。

很快，受害女驾驶员的身份得到确认，她是东鲁市B局的女干部柳晓荷，刚满31岁。一个普通公务员怎么能开挂着公安内部牌照的私家车呢？专案组顺着这个疑点往下摸，秘密调查柳晓荷的私人关系和公安牌照的来历。很快，东鲁市公安局治安支队三大队副大队长陈靖桓进入了专案组的视线。根据调查，柳晓荷的公安牌照就是陈靖桓弄的，而且陈靖桓毕业于警官学校，是公共安全专家，懂得使用遥控爆炸常识。专案组立即将陈靖桓拘留。

在铁的事实和证据面前，几次三番否认作案的他终于低头，对遥控高科技炸弹置柳晓荷于死地的犯罪行为供认不讳。然而，他供认出雇用他的幕后凶手让所有人都大吃一惊，因为他就是在东鲁政坛官位显赫的副省级高官杜国栋。

公安部专案组在掌握大量证据的前提下，对杜国栋进行突审。杜国栋交代了自己的罪行，案件终于告破，东鲁又恢复了往日的宁静。人们在长舒一口气的同时，也疑惑重重：杜国栋已经61岁，在人生的黄昏为什么还要制造一起惊天动地的汽车爆炸案呢？这一切，都要从他和柳晓荷的孽缘说起。

杜国栋的仕途可以用“一帆风顺”来概括。从副处晋升到副省级，他用了十七年时间。

杜国栋与妻子既是青梅竹马，又是患难夫妻，两人是同乡，又一同上大学。

进入官场后，杜国栋被安排到西鲁地委挂职，因为妻儿都不在身边，当地有关部门为了让杜国栋安心工作，特地派招待所的女服务员柳晓荷去照顾杜国栋的私人生活。在此之前，杜国栋和妻子事业上齐头并进，日子过得安宁平静。然而这一切，都因柳晓荷的出现而发生了改变。

时年18岁的柳晓荷是一个农家孩子，但她出落得俊俏。高考落榜后，柳晓荷被西鲁地委招待所录用，她也成了地委招待所的一块美人招牌。被安排到杜国栋家里照顾他的生活后，柳晓荷发现杜国栋比她大足足30岁，但他在工作中表现出来的胆略和智慧，却深深吸引了她，少女心中的那根情弦被悄悄拨动了。

因为妻子不在身边，杜国栋工作之外的生活过得很单调、枯燥。柳晓荷的出现给他平淡、枯燥的挂职生活增添了一抹亮色，甚至是一种依赖。随着相处时间的延长，柳晓荷的温柔体贴仿佛在杜国栋心里打开了另一扇窗。有事没事，他总喜欢找柳晓荷聊天。含苞欲放的柳晓荷让杜国栋找到了一种久违的激情，正当壮年的他显然难以抵挡诱惑，两人情思骚动，很快有了性关系。

在柳晓荷年轻的身体上，杜国栋体会到了一种在妻子那里从没得到的快乐。一年挂职期结束后，杜国栋回到省城东鲁任职。当然，他也利用职权，将柳晓荷安排到东鲁市人大招待所工作。从此，两人开始了长达十三年的交易。

如果说当初柳晓荷对杜国栋以身相许是为了让他将自己带出穷乡僻壤，那么随着杜国栋在事业上蒸蒸日上，柳晓荷看到了他势不可当的美好前程，对他的迷恋更加深了，强烈地希望借助杜国栋为自己赢得荣华富贵，因此她步步为营开始了“逼宫”行动。

私下里，杜国栋曾对柳晓荷说过妻子常年多病，夫妻之间的义务早就形同虚设。柳晓荷就利用年轻的身体将杜国栋的整个身心拉到自己身边。因为杜国栋的一双儿女都在大城市工作，妻子经常待在儿女那里，因此在东鲁，杜国栋的夜生活经常是在柳晓荷的住处度过的。柳晓荷曾多次提出让杜国栋离婚然后两人结为真夫妻，杜国栋也曾许诺要与她结合。然而，自从被任命为东鲁市委副书记后，杜国栋的想法显然改变了。他冷静地考虑着与柳晓荷在一起的利害得失，理智地做出了抉择：决不能因为婚姻问题而影响前程！

为了稳住柳晓荷，他采取哄骗的手段：先保持情人关系，等待合适的机会再结合在一起。

杜国栋升任东鲁市市委副书记兼任东鲁市市委组织部部长后，为了安抚柳晓荷，将她从西鲁地委招待所调到东鲁市A局工作，有了一份体面的工作，柳晓荷对杜国栋的态度也改变了不少。为了一步步稳住情人，杜国栋还将柳晓荷的父母安排到东鲁工作，并通过柳晓荷父母催促让她先嫁人。这样他就可以高枕无忧地墙内红旗飘飘，墙外彩旗不倒了。

柳晓荷是个孝顺的女儿，在父母的催促下，加上和杜国栋结婚遥遥无期，万般无奈的她只好和一个医生结了婚。

婚后，柳晓荷曾强迫自己好好过日子，不再去想和杜国栋不现实的东西。然而，她却时常忍不住将丈夫和杜国栋拿出来相比。多年来，柳晓荷已经习惯了依附在杜国栋身边的惬意日子，要让她回头过“柴米油盐酱醋茶”的生活，已经太难。特别是当杜国栋继续高升，担任东鲁市人大常委会主任、党组书记，官居副省级后，柳晓荷的心再也无法平静下来，更加强烈地想要做杜国栋的夫人了。

通过杜国栋的关系，柳晓荷被安排进东鲁市B局工作，一上任就是科级干部。柳晓荷时常趁丈夫忙碌的时候，跑出来和杜国栋偷情。

再次和杜国栋打得火热，变身为干部后，丈夫在柳晓荷眼里似乎就不存在了，丈夫的冷暖她从不过问。忍无可忍之下，丈夫主动向柳晓荷提出了离婚。

深陷婚外情泥潭的柳晓荷，对丈夫首先提出离婚感到意外。一种好东西即将失去的心情从柳晓荷心中升起。柳晓荷突然对丈夫留恋起来，特别是当她得知丈夫患病后，竭尽温柔，试图给丈夫做一些补偿。然而，心灰意懒的丈夫最后坚持与她办理了离婚手续。

离婚后的柳晓荷一时非常失落，为了安慰情人，杜国栋将柳晓荷的职务进行了提拔。尽管如此，柳晓荷心里仍满是失落和悲哀，一种对失去的痛惜和对得不到的东西的渴望，日益折磨着她，她变得更加孤僻和偏执起来。就在这时，一位建筑商人找到了柳晓荷。这个商人是在知道柳晓荷是杜国栋的情人后，试图通过柳晓荷的关系打通杜国栋这个关节，为自己的生意铺平道路。

为了自己“家外有家”，杜国栋接受了建筑商的贿赂，将一套位于东鲁市中心的130平方米的房子送给了柳晓荷。杜国栋肆无忌惮地把柳晓荷的住处当成自己的家，与她过起了家居生活。柳晓荷似乎又看到了婚外情转正的希望。

杜国栋在东鲁市领导序列中排名第三，总是有年轻女人投怀送抱。

此时的柳晓荷年过30岁，危机感更深了，于是，疑心病越来越重的柳晓荷一方面加紧了对杜国栋的逼迫和管束，不断催促他和妻子离婚；另一方面，她开始暗地对杜国栋进行控制，先逼迫他将房子过户到自己名下，又暗暗将她代杜国栋保管的那些商人贿赂的钱财一笔笔记录在案，作为最后的救命稻草。

柳晓荷对钱财的不断追逐让杜国栋感觉是个无底洞，恰在这个时候，柳晓荷又多次提出要和杜国栋结婚，这让他感到了真正的威胁。柳晓荷的极端做法，反而使杜国栋的心离她越来越远。她的步步紧逼，终于使杜国栋感到这个女人成了他辉煌前程的巨大隐患。

一次，柳晓荷不经意发现杜国栋竟然瞒着她在东鲁还有一个情妇！这一发现让柳晓荷惶恐不已，她找到杜国栋又哭又闹，让杜国栋不胜其烦。最后，杜国栋提出了分手，并给她50万的补偿，了结这段情缘。没想到，柳晓荷根本没把这个数字放在眼里，她一口价报出要100万元，否则免谈！

就在杜国栋为100万发愁的时候，柳晓荷频频向杜国栋施压：限他在6月1日前支付给她100万，或者马上和她结婚，否则，她将向纪律检查委员会举报他包养多名情妇、贪污受贿等违法、违纪行为。

这是杜国栋始料未及的。他被柳晓荷的态度激怒了，一个恶念不可遏制地蹿上心头："必须除掉这个女人，决不能让她毁了我的大好前程！"

杜国栋要分手，而柳晓荷却认为杜国栋是要抛弃她，两人发生了激烈的争吵。之后杜国栋曾对一位好友流露出要摆平那个"忘恩负义"的女人的想法，因为"那个女人知道得太多了，又不识好歹"。

柳晓荷是一个非常聪明的女人，她发现了杜国栋的异常情况后，就给父母悄悄留话说："如果我遭遇不测，就是杜国栋干的！"

如何才能达到让柳晓荷消失的目的而不引火上身呢？杜国栋绞尽脑汁。

杜国栋在大学里学的是无线电自动控制专业，受美国大片遥控爆炸案的启发，经过一段时间的深思熟虑，他决定利用遥控炸弹装置，将柳晓荷炸死。选择爆炸，是因为杜国栋认为爆炸引起的火灾能销毁现场的所有证据。精明的杜国栋对自己的这个设想思忖再三，觉得稳妥可行。可是怎么将炸弹安在柳晓荷身边而不被人察觉呢？

一天，杜国栋和自己的侄女婿陈靖桓在一起喝酒。陈靖桓从警官学校毕业后，经杜国栋一手提拔当上了东鲁市公安局治安支队三大队副大队长。他被人们称为公共安全专家，对爆破、炸弹很有研究。酒至酣处，杜国栋便将自己的烦心事如实相告。

杜国栋在家里排行老二，陈靖桓是他大哥的女婿，陈靖桓能进公安机关并得到提升，全仗“二叔帮忙”，现在二叔有难，陈靖桓当然赴汤蹈火在所不辞。

陈靖桓问杜国栋：“柳晓荷有私家车吗？东鲁的夏天热，经常有汽车经受不了高温自燃，如果她会开车，我可以遥控炸弹引爆油箱造成汽车自燃爆炸的假象，这样就可以神不知鬼不觉地将她送走。我是公共安全专家，这样的爆炸案都会由我来处理，到时候我鉴定一个汽车自燃的结果就一切万事大吉了。”

杜国栋说：“她刚拿了驾照，以前天天吵着要我给她买车。”

“这可太好了，你就将计就计，给她买辆车，然后我借口为她上牌照，偷偷将炸弹安装在她的车上，寻找机会遥控炸弹将她炸死。”随后，两人商定了作案计划。

陈靖桓通过公安局刑警大队教导员周金，弄到了两公斤炸药和五枚雷管，之后又找到东鲁顺达汽修厂老板陈庆兵帮忙。因为以前求陈靖桓办过事，“二陈”成了好朋友，后来拜了把子。“二陈”利用各自的技术共同制造了遥控爆炸装置。为确保万无一失，陈靖桓几次到郊外实验，检验遥控炸弹的爆炸效果。

为了稳住柳晓荷，不让她先发制人，杜国栋向柳晓荷示弱，表示自己已经后悔，正在和妻子办理离婚手续，准备和她结婚。杜国栋为了证明自己的诚意，处心积虑地亲自带柳晓荷去买了一辆蓝色思域轿车送给她作为定情信物。然后，再让陈靖桓帮她弄到一个公安内部牌照，避免她今后缴很多杂税。

柳晓荷兴奋不已地看着杜国栋办好的这一切，还以为他终于回心转意，要给自己一个真正的名分了。对杜国栋表现出来的“诚意”，她放松了警惕。而杜国栋和陈靖桓却加快了杀害她的步骤。

在准备好万无一失的遥控爆炸装置后，陈靖桓给柳晓荷打电话，说她的车是公安内部牌照，要将车拿到公安局去审查，办理相关行车手续。柳晓荷丝毫没有怀疑，让他过来拿了车。陈靖桓借此机会将爆炸装置安放在柳晓荷的汽车油箱里。

一切准备就绪，炎热的夏天已将东鲁变成一个火炉。看到市区温度达到 38 度，有车辆自燃的报道后，陈靖桓决定动手了。他经常跟踪在柳晓荷车后，寻找时机下手。

案发这天下午，陈靖桓悄悄乘车尾随开着蓝色思域轿车的柳晓荷下班回家。在路经中山路一家银行附近时，柳晓荷的汽车突然和一辆的士发生剐擦。这正是一个制造两车剐擦引发油箱自燃爆炸的绝佳时机，陈靖桓悄无声息地按动了手中的遥控装置。

柳晓荷的汽车发生了惊天动地的爆炸！

然而，让陈靖桓万万没有想到的是，他当初只是想让微量炸药引爆汽车油箱，造成汽车油箱自燃的假象，可谁知他安放的炸药过量，而且由于思域车油箱封闭性良好，这就使得油箱犹如一个巨型炸弹，将柳晓荷及其私家车炸得支离破碎，大大超出了陈靖桓的预期。这个疏漏，为日后警方的迅速破案留下了线索。

在爆炸案中，与柳晓荷的车有过摩擦的的士车司机只受了烧伤，头发烧没了，被送往医院后脱离了生命危险。因为柳晓荷的汽车爆炸是从座位底下起爆的，因此才将她炸得四分五裂。而的士车是捷达车，钢板比较厚，因此炸弹冲击力并没有夺去司机的性命。

闹市里竟然发生如此骇人听闻的爆炸案，案件立即引起了上级领导的高度重视，有关领导指示要限期破案。按照惯例，这种发生在市区的汽车爆炸案都会由陈靖桓来做鉴定，陈靖桓本来也希望在由他做现场鉴定时，做下手脚。可谁知，公安部在得知案情重大后，成立了专案组特地奔赴东鲁独立调查爆炸案。陈靖桓再无用武之地，预感到风暴将至的他赶忙潜逃。然而，专案组很快锁定陈靖桓为凶手，并将他抓获。这时，幕后主谋杜国栋浮出了水面。

杜国栋被专案组传讯后，经过多次审问，最终招架不住，交代了与柳晓荷十三年的婚外情和杀害她的事实，随后还向专案组供述了自己受贿的罪行。后来，专案组在柳晓荷的住处发现了杜国栋受贿贪污的近百万现金和财物。

案件真相大白，人们没想到这起爆炸案的背后竟有如此不堪的内幕，对杜国栋的堕落深感震惊。有谁能够想到这个外表朴实谦和、很有工作能力的副省级高官居然如此凶残、知法犯法？其后，杜国栋牵发出来的经济问题更加重了他的罪名。

法院公开审理此案后做出判决，认定杜国栋犯爆炸罪，判处死刑，剥夺政治权利终身；犯受贿罪判处有期徒刑十五年；犯巨额财产来源不明罪，判处有期徒刑两年；数罪并罚决定执行死刑，剥夺政治权利终身。认定陈靖桓犯爆炸罪，判处死刑，剥夺政治权利终身。

在听到死刑判决后，杜国栋脸色霎时变白，在法庭上大声说“我不服”。

到了这个时候，不服行吗？

据法官介绍，杜国栋不服死刑判决的原因有二：一是他自称没有让其侄女婿陈靖桓将其情妇柳晓荷杀死，而只是让他“教训一下”，陈靖桓之所以将柳晓荷杀死，是为了“讨好我”；二是杜国栋自称有自首和立功表现，而法院没有给予认定。

杜国栋说的“自首”，是他被纪委“双规”后两小时，就坦白交代了雇凶杀人的全部事实。而立功，是指杜国栋在“双规”阶段，交代了行贿、受贿问题。

一审宣判后，杜国栋、陈靖桓均提出上诉。省高级人民法院驳回了杜国栋、陈靖桓的上诉，维持原判，并依法报请最高人民法院核准。

最高人民法院依法组成合议庭，经复核认为，一审判决、二审裁定认定的事实清楚，证据确实、充分，定罪准确，量刑适当。遂依法核准省高级人民法院维持一审判决的刑事裁定。

这时候，他不服也不行了！

最终，经最高人民法院核准，东鲁爆炸案主犯杜国栋、陈靖桓在东鲁被执行死刑。

杜国栋收入有限，却能长年包养情妇，为情妇牟取私利，为柳晓荷买房、买车，他的钱又是哪里来的呢？

很简单，有人送。

例如，当了多年乡镇党委书记的李某，十分想“进步”，就多次找杜国栋沟通，每次沟通不是现金，就是购物卡，或者是轿车，送了大约70万元后，李某顺利地由乡镇党委书记晋升为区委副书记。钱送出去了，还得捞回来，这是买官、卖官的“一般规律”。后来，这位区委李副书记因受贿、巨额财产来源不明罪被法院判处有期徒刑十六年。

生活作风不是小节。杜国栋把权力当成了牟取私利和私欲的工具，并把这种权力看得高于一切，侥幸认为自己可以凌驾于法律之上，最终酿成这样一起恶劣案件……

领导干部生活作风问题绝不是个人问题，生活作风腐化会导致干部违法乱纪，影响党的形象，必然导致贪污受贿等职务犯罪。案发后警方调查发现，柳晓荷经济富裕，其个人名下有三处房产，办案人员在其家中的保险柜内发现了大量现金和存款、首饰等。

监督制约领导干部权力，是防止腐败的一个重要手段。杜国栋曾任东鲁市委副书记，分管过政法、组织工作，他把这种权力当成了牟取私利的工具。职务变动后，他利用职权和地位形成的便利条件，通过其他国家工作人员职务上的行为，为请托人牟取不正当利益。十几年间，在他的帮助下，柳晓荷从一个打工妹变成了领导干部，并在多个政府部门调换工作岗位，当上正科级干部。此外，杜国栋还为柳晓荷的两个妹妹分别安排了工作。

杜国栋消失在人们的视野之外，看看他生前潇洒的领导照，看看他每一篇掷地有声、义正词严的讲稿，看看他曾经在电视上正义凛然的镜头，真让人感叹造化弄人，他做梦都不会想到会以这样的结局离开这个世界。

他或许会想，如果不是走当官这条路，现在的他正在老家的一个村庄里悠闲地活着，抱抱孙子，到田里去除除草。可是，如果不是走当官这条路，当年怎么会有一个18岁的漂亮姑娘投入到48岁的半大老头子怀里？谁会想到，一个招待所服务员，最终把副省级高官送上了断头台呢？如果不是走当官这条路，怎么会把人丢得这么大？全国的爆炸案绝非仅杜国栋这一件，但能像杜国栋这样引起巨大反响的却不多。

杜国栋会感到遗憾，但也许不会感到后悔。试想，杜国栋如果不当官，一直在家当农民，他即使60多岁了，也得照样下地除草，泡小蜜、养二奶的事想也不用想，恐怕连小轿车也没坐过一回。所以，推测杜国栋下地狱后要做的第一件事就是高喊：“阎王爷，俺下辈子还要当官！”

如蝇逐臭，是贪官与情妇共生的一个特点。

贪婪与道德堕落往往是一对孪生兄弟，而这些都离不开权力、钱财与色欲的引诱。管不住自己私欲的人很容易触及底线，他们大多出身寒微，都是经过很漫长的奋斗历程才走上领导岗位的，但是，当他们一旦手中握有权力之后，便成了许多人巴结逢迎的对象。对财富的贪欲被挖掘出来，并被放大，他们的自我要求开始放松，人生目标也离私欲越来越近。他们对权力的滥用、对金钱的攫取和对女性的玩弄，只是相同的私欲放纵在不同领域的表现形式而已。

这其中，有些人是“为色而贪”，但是与其说他们是因为色欲而走向了堕落腐败的道路，不如说，他们包养情妇不过是腐败的“次生现象”，是他们的生活轨迹在失去崇高目标之后的彻底失守。

在反腐倡廉的问题上，完善法律制度固然非常重要，但更为迫切的任务是要建立起一种更为开放和透明的监督机制，更艰巨的目标则是要重建整个社会的道德体系。勿以恶小而为之，面对法律，有所敬畏；面对悠悠众口，谨慎行事。只有这样，才能把握住自己的人生方向，远离权欲、情欲的泥潭。

第四篇

神秘日记揪真凶

燕北市政协副主席许嘉良与年轻美貌的女机要员陈淑娟产生婚外情，七年间他们从如胶似漆的情人变成了仇深似海的仇人。陈淑娟两度精神崩溃，政协副主席痛下杀手，雇用自己的司机杀害情妇。在陈淑娟神秘失踪后，一本日记和三封遗书揭开了这个惊天谜底。

那么，在这长达七年的时间里，政协副主席和美女机要员之间发生了什么？又是谁引发了这场以杀人灭口了结的畸恋？

农历除夕前一天，按照惯例，政府机关在这天开始放假。下午4时，燕北市委办公室机要科女机要员陈淑娟从单位下班时，提前给母亲打电话说："我们单位发了点儿东西，一会儿你找人过来帮忙拿回家去。"

陈淑娟的母亲很快找了个亲戚赶到了燕北市委后门，此时，陈淑娟正焦急地站在一辆银灰色夏利车旁。陈淑娟见到亲戚后，火急火燎地说："我已经把东西放单位门卫那儿了，你去拿吧，我有急事先走一步。"说完，拉开夏利车门钻了进去。转眼之间，那辆夏利车顿时消失在西去的车流中。

一个小时后，陈淑娟的母亲见女儿还没有回家吃饭，就给她打电话。但陈淑娟的手机开着却没有人接，过了十分钟，陈淑娟的母亲再打时手机就关机了。此后，陈淑娟的手机一直处于关机状态。

同样着急的还有陈淑娟的丈夫董大建和6岁的女儿，本来他和妻子约好到父母家一起过节，可是，直到新年的钟声敲响，也没有陈淑娟的消息。

全家人在焦急的寻找和等待中度过了一个提心吊胆的大年夜。大年初一晚上，焦急的董大建连忙查到陈淑娟单位的领导电话，给燕北市委办公室机要科科长打了一个电话询问陈淑娟的下落。但是，陈淑娟的科长也不知道陈淑娟到底去了哪里，连忙发动同事寻找起来。

陈淑娟一走就再也没有回来。而她为什么会在春节之前突然出门？她到底去了哪里？陈淑娟的丈夫不得不拨打110报警。但是，在警方毫无头绪的寻找中，陈淑娟依然杳无音信。

到正月初八上班时，整整十天过去了，依然没有陈淑娟的任何下落。这天下午两点，董大建带着他的两位同事来到燕北市委办公室机要科，当着机要科领导的面打开了妻子的办公桌抽屉。

抽屉里面只有一个笔记本、一沓打印的纸张、三封遗书和一些首饰。这个神秘的日记本里面记载的内容令董大建和所有在场的人大吃一惊。

日记本的第一篇日记，写于春天的一个晚上，那里面记录了当天晚上陈淑娟与一个神秘男人的第一次："我原本以为他只是我非常崇拜的领导，现在我才真正地发现他竟是我最钟情的男人。虽然我们相差二十多岁，但我们之间并没有任何的距离。他很男人，我认为他是世上最棒的，我已经无法离开他了……"

而这个时间，即陈淑娟第一次与那个大她二十多岁的"很男人"的人上床的时候，她和董大建还没有结婚。在这本日记本里，还记载了陈淑娟和丈夫从热恋到后来结婚，以及女儿出生之后的几年里，她和那个神秘男人还一直保持着这样的性关系。最让董大建痛心疾首的是，日记中曾记载了妻子与那个男人在宾馆过夜，而恰恰那一天，是陈淑娟婚后

第三天回门的日子。

陈淑娟在“神秘日记”里不仅详细地记录了每次偷情的时间、地点、天气状况和周围环境，还记录了她翻云覆雨时的生理感受。这些不堪入目的日记气得董大建全身热血直往上涌。那个日记本在后面的几篇日记里有这样的记载：“骗子！不得好死！”“我不会放过你的……”

董大建痛苦地合上日记本，拿起一沓印满了文字的打印纸，那厚厚的一沓纸上几乎全部是陈淑娟与那个神秘男人的短信记录。

董大建最后拿起了陈淑娟留下的三封遗书，这三份遗书分别留给董大建一封，给女儿一封，给所有亲人一封。但是，眼里涌满耻辱泪水的董大建再也无法看下去，在极度的愤怒中，董大建突然在电光火石间想到了一个人：陈淑娟的顶头上司、燕北市委办公室主任兼市政协副主席许嘉良！

许嘉良的仕途十分顺利，不到 50 岁就官居副厅级，在担任燕北市委办公室主任的同时还兼任市政协副主席，成为权倾一方的重量级人物。许嘉良的桃花运伴随着官运从天而降，一位叫陈淑娟的 25 岁女孩闯进了 47 岁的许嘉良的视线。

到燕北市委办公室担任主任后，许嘉良很快被一个年轻女孩的靓丽身影吸引住了。上任之后的一天，沉浸在升官喜悦中的许嘉良正在办公室里暗自得意，突然响起的敲门声打断了他的思绪。一个高挑的身影闪进了许嘉良的办公室，向许嘉良呈上了一份机要传真件请他批示。许嘉良顾不上看机要传真，眼神却落在了眼前这个靓丽女孩的身上。这个正值青春年华的女孩长相甜美，气质高雅，一双会说话的眼睛羞怯地看着自己。许嘉良连忙找杯子给女孩倒水，却把水洒在了茶几上。

女孩走后，若有所思的许嘉良愣了一会儿神，然后摇摇头笑了，他没有想到，年近50岁的自己会在一个女孩面前差点失态。但那以后许嘉良在工作中还是慢慢了解了这个女孩的一些情况。

这个年轻女孩叫陈淑娟，大学毕业后进入燕北市委办公室任机要员，至今未婚。成为陈淑娟的顶头上司后，许嘉良忍不住对眼前这位既单纯又有内涵的女机要员想入非非，整天魂不守舍。

许嘉良没想到，陈淑娟也在近距离观察自己。她发现，身兼两职的许嘉良不仅风度翩翩，而且是位极具亲和力的领导，更是当地有名的书法家。随着相处时间的增多，含苞欲放的陈淑娟让许嘉良感受到了一种久违的激情。正当壮年的许嘉良显然难以抵挡陈淑娟的诱惑，两人很快有了性关系。

这是陈淑娟除了男友之外的第一次外遇，这次外遇给她的身心留下了难以磨灭的记忆。陈淑娟事后在日记中写道："我本以为他只是我非常崇拜的领导，现在我才真正地发现他竟是我最钟情的男人……"

为顶头上司献身后，陈淑娟动了真情，此后的每次交往，陈淑娟都记录在自己的日记本里，并把日记本紧紧锁在自己的办公桌的抽屉里，而这些都是许嘉良所不知道的。她只是对许嘉良说："你放心，咱们俩的事情只有咱们俩知道，我懂得怎么做到守口如瓶。"

也就是在与许嘉良暗度陈仓之后，陈淑娟与燕北市某单位机关干部董大建结婚了。但是，即使在新婚的日子里，陈淑娟都要按照许嘉良的要求跟他云雨一番。当然，陈淑娟把婚后第三天与许嘉良的这次幽会同样写进了日记。

婚后的陈淑娟起初既不向许嘉良伸手要权，也不向他要钱，一如既往地同他保持着两性关系。即使生了女儿后，陈淑娟仍然无怨无悔地为情夫慷慨献身，这种痴情令许嘉良非常感动。

由于女机要员在处理婚外情上从不张扬，单位领导和双方配偶一直没有察觉到许嘉良和陈淑娟的私情。

但是，这种情人关系维持了几年时间之后开始变异，陈淑娟开始从感情到职位向许嘉良提出各种各样的要求，许嘉良觉得自己要在单位与情人之间周旋，有些力不从心，两人慢慢出现了裂痕。许嘉良和陈淑娟幽会的次数明显减少，再也没有以往的甜言蜜语。而沉浸于此的陈淑娟也发现了这个问题。

为了不失去情人，陈淑娟使出了自己失策的一招，不但给许嘉良的女儿发恐吓短信，还到许嘉良家里大闹，弄得满城风雨。为此，许嘉良把陈淑娟叫到办公室，关起门恶狠狠地训斥了一顿。

陈淑娟的日记显示，她想利用许嘉良的身份使自己得以提升，但提升的梦想一直没有实现，她逐渐由爱转恨，并有报复的计划出现在日记中。

根据案卷材料记载，陈淑娟经常踢开许嘉良办公室的门进去大闹，有时候她还在楼道里大声叫喊，甚至有一次爬上办公室的窗户，两条腿向外坐着，后被对面办公楼里的人发现通知了市委办公室，才将其劝下。

为此，陈淑娟两次被送进精神病院。她在日记里提到，她怀疑是许嘉良安排的，因此对许嘉良的恨意进一步增加。

陈淑娟本来就满腹委屈，如今情人竟对她恶言相加，更让她无法忍受。由于怒火攻心，陈淑娟精神崩溃。最初是整夜失眠，后来患上神经官能症，最后不得不住进精神病医院。好在陈淑娟不知情的丈夫陪在医院精心照顾，百般安慰呵护，让她的神志渐渐恢复了清醒。

但是，出院后的陈淑娟并不死心。陈淑娟再次给许嘉良的女儿发出了一条短信。许嘉良的女儿知道这个女人跟自己的父亲有关系，她立即跑到许嘉良的办公室哭诉。此时，许嘉良无可奈何地说："我也不瞒你了，我对不起你们娘儿俩，你不要再问这个事了，我会处理好的。"

由于陈淑娟大闹机关，许嘉良有情人的事情闹得满城风雨。事情到了这个程度，许嘉良想到陈淑娟不会善罢甘休，于是，他开始悄悄实施自己的杀人灭口计划。

许嘉良想到了自己原来的司机高大明。高大明后来离开许嘉良干起了个体，先是开了个饭馆，结果赔光了老本儿，他找到许嘉良求助，许嘉良借给他 10 万元，他搞了一个油漆厂。

高大明赚了钱没有忘记恩人，他带着 10 万元来许嘉良家还债。许嘉良告诉高大明，自己眼下遇到了一个坎儿，如果处理不好，这一生就彻底毁了。最后，许嘉良说出了被陈淑娟死死纠缠难以脱身的事。

“你明说，怎么办？由我来！”高大明问。

“我就是盼着别让她再缠我了！”许嘉良说。

高大明想想，会意地点点头：“放心吧，我肯定让你满意。”

分手的时候，许嘉良没有接受高大明还回的 10 万元钱，说：“这钱你拿回去，等于你为我帮忙的犒赏。”

第二天早晨，高大明打电话给许嘉良。许嘉良说：“好吧，我发短信约她，你在油漆厂等她好了。反正你们都熟悉，她不会有戒心的。”

接着许嘉良给陈淑娟发了个短信：速来油漆厂，我有事急需与你面谈。

大约晚上 8 点的时候，陈淑娟发来短信：姓许的，你可把我害苦了！

许嘉良从这个短信里已经猜测到高大明已经与她见了面。于是他又给对方回了一个短信：平安顺利，好自为之。后面的情况许嘉良就不太清楚了。后来许嘉良给高大明打电话问情况怎么样，高大明说：“做完了，没什么问题。”

根据许嘉良的供述，警方逮捕了高大明，高大明被捕后供述：“陈淑娟按照许嘉良短信上的内容来到了我的油漆厂。我的工厂在城外比较偏僻；正赶上过年，工人们都放假回家了，所以厂里就我一个人，很方便。”

“她不再反抗。我开始捆她。刚把她手捆起来，她突然说，停！给我松开！我问，你干什么？她说，我得给他发个短信。她发完短信，我把她绑了起来……”

接下来，高大明就双手扼住了陈淑娟的脖子直到她窒息。为毁尸灭迹，高大明在房间内架起木柴，洒上助燃的油漆开始焚尸。由于火大烟浓，高大明被烟呛得透不过气来，两眼红肿，只好把火熄灭，将焚烧了一半的尸体扔在那里，锁上房门，赶到医院去看急诊。等他回到油漆厂时，天已经黑了。

他进了屋戴上口罩、护目镜，继续点火焚尸。一直折腾到下半夜，才把尸体烧成粉灰。之后就是清理作案痕迹，把所有的粉灰收拾起来装箱，然后将箱子扔到垃圾场。天亮之后，他将屋子彻底地清洗了多遍。但仍然不放心，索性在第二天又找来几个装修工人把屋子做了一次彻底的装修。

刑侦人员勘查了那个焚尸灭迹的屋子，终于在纱窗的网格和排风扇上发现了人体脂肪。高大明自以为做得神不知鬼不觉，终是露了马脚，而若不是那本“神秘日记”，陈淑娟失踪之谜有可能永远石沉大海。

当董大建发现陈淑娟留下的日记后，他拿着妻子的日记直奔市政协，要求与许嘉良见面。工作人员打电话报告了许嘉良，许嘉良的回答十分干脆：“不见！”

董大建吃了闭门羹，心中盛怒难平，径直奔向燕北市纪委，立即引起了纪委的高度重视。在接受调查时，面对组织出示的日记本，许嘉良一再为自己辩解称：“我与她的关系是维持了好几年，但后来就疏远了。

最近半年多来，这种关系就断了。”

办案人员一次又一次地查看日记本后发现，案发前不久，陈淑娟依然与许嘉良有来往，且矛盾突出。日记中陈淑娟多次称许嘉良“骗子”，并写道：“不得好死！我不会放过你的……”

与此同时，在许嘉良的手机里，警方提取了一条陈淑娟失踪后发给许嘉良的短信：姓许的，你可把我害苦了！发信时间正是陈淑娟出走失踪的那个日子、那个时刻。

办案人员又一次找许嘉良谈话：“你手机上收到的短信是怎么回事？”一句问话，让许嘉良顿时紧张起来。

办案人员随后说：“你们闹翻以后，她是不是不依不饶？”

许嘉良叹了口气：“是她太过分了！她不但给我女儿发恐吓短信，还到我家大闹，弄得满城风雨，她把我逼上绝路了……”最后，许嘉良向办案人说出了高大明。

在许嘉良被市纪委“双规”的日子里，此案的办案人员不仅查明了许嘉良涉嫌雇凶杀人的问题，而且还查出了他借职务便利涉嫌收受贿赂的犯罪问题。

为了逃避责任，被移送司法机关后，许嘉良矢口否认他在市纪委“双规”期间供认的收受贿赂的犯罪事实，认罪态度发生了180度的大转弯。究竟为何许嘉良的认罪态度发生了如此大的转变呢？

经过有关部门调查得知，许嘉良被关进看守所以后，监号里有人问他是什么原因被关进来的，他将其所犯案件如实相告，于是有人告诉他：“你完了！你准备后事吧，你死定了！”

许嘉良听到这话之后万念俱灰，一蹶不振。他首先想到的是：说也是死，不说也是死，那还不如不说……就等死吧……

等到专案组再一次提讯许嘉良的时候，办案人员首先向他明确指出：“不论你的案情怎样严重，你的认罪态度对你将来的命运绝不是毫无意义。你必须明白，是认罪伏法还是顽抗拒供，肯定会直接关系到法律对你的判决，这个主动权是握在你个人手里的。”许嘉良听后陷入了沉思。随后，他不再抵抗，开始交代自己的问题。

法院公开开庭审理此案时，在法庭上，高大明当庭翻供，不承认许嘉良指使他杀人，说当时只是想把陈淑娟叫过去劝她不要再闹下去，这样对谁都不会有好处。

高大明说，他把陈淑娟接到油漆厂后，将其绑住就去做饭，后来有人敲门，进来的男子自称姓李，说来接陈淑娟。他没理会，继续回屋做饭，等他再回到房间时，陈淑娟已经不见了，床单上都是血。后来他将床单放到铁桶里烧了。

庭审中，许嘉良也供述了一个从未说过的情节。他说陈淑娟从他那里走后，他给高大明打电话让他当天不要动手，因为陈淑娟是从他办公室离开的。但高大明说再不动手就没时间了。打过电话后，他心里很不踏实，就到市委办公楼附近拦了一辆出租车，给了 50 元钱让司机到高大明的油漆厂去。

许嘉良对此的解释是，派个车过去，是给陈淑娟一次逃生的机会，万一陈淑娟能够从高大明的油漆厂跑出来，就可以正好遇见出租车而逃走。高大明承认两人确实在那个时间通过电话，但许嘉良并没说让停手的事。

许嘉良的律师在法庭上称，许嘉良指使杀人证据不足。律师认为许嘉良虽说过“灭了她的心都有”，但只是停留在口头和心里。许嘉良没有唆使高大明去杀害陈淑娟，也没有明确的要求和具体的实施计划。许嘉良的律师在辩护中还认为被害人陈淑娟有重大过错，并指出陈淑娟期盼许嘉良的特殊照顾，未能得逞后产生报复想法，给许嘉良的家人造成了重大伤害，对矛盾激化负有直接责任。

而在庭上，由于高大明翻供，他的律师当庭更改了辩护词，临时为他做了无罪辩护。律师表示，目前没有陈淑娟死亡的直接证据，只有高大明的口供和纱窗、排风扇扇片上的人体脂肪。而高大明否认杀人焚尸，那就更没有了陈淑娟死亡的证据。律师还认为检方的证据有瑕疵，在没有找到陈淑娟尸体的情况下，只是从人体脂肪成分的鉴定来认定为陈淑娟，没有科学根据。高大明的律师认为应该定陈淑娟失踪而不是死亡，对高大明应无罪释放。

除被控雇凶杀人，许嘉良还被控受贿50余万元。

燕北市中级人民法院对许嘉良雇凶杀人案做出一审判决，许嘉良犯故意杀人罪被判处死刑，剥夺政治权利终身；犯受贿罪，被判处有期徒刑十三年。法院依法决定对其执行死刑，剥夺政治权利终身。高大明因犯故意杀人罪，被依法判处死刑，剥夺政治权利终身。

在法律的利剑之下，许嘉良必须为自己的恶行付出沉重的代价。

个人膨胀的私欲毁灭了前程和生命。无数个贪官的下场都说明了这点。

许嘉良和其他贪官不同的是：他无情无义，对自己爱的女人是一味地索取和要求对方奉献。从整个事件发展来看，陈淑娟得到了什么？她本身大学毕业，既有好的前程，又有学历，还有女人有的资本即美貌，如果不是许嘉良的诱惑她会有很好的前途。但是，她把青春和真爱献给了许嘉良，而许嘉良又给了她什么？升职？金钱？或庇佑亲戚朋友？从案件中都没有表现出来。也就是说：许嘉良没有给陈淑娟带来任何好处。

从以上可以看出，对不起人的是许嘉良，这个贪官不是包养情人，倒是让情人总是为他奉献性爱。到头来，情人要条件，不仅处理不好，还动杀心，把自己的司机性命搭上，把爱自己多年的女人残忍杀害。这样的男人才是彻头彻尾自私自利的男人，一切以个人利益为中心，凡是妨碍自己前进的东西都要除掉。这是一个可怕的、恐怖的、没有人性的男人。陈淑娟为这样的男人献身不值得，爱上这样的男人是错误；认不清这个男人的丑恶嘴脸是悲哀；不能很好地处理和斩断孽缘更是错误，婚后不能专一对待丈夫，不能相夫教子，对无情无义的情夫抱有幻想则是错上加错。

第五篇

淑女猎手一地血

一桩看似平常的车祸，却是那样充满玄机：某集团副总屈劲风驾驶的奥迪车，被单身美女杨雨梅驾车追尾，两人就这样认识并深深相爱了。为了爱情，屈劲风与结发妻子离婚后与杨雨梅同居。然而，杨雨梅的一个闺密向屈劲风透露了真相：杨雨梅是一名训练有素的“淑女猎手”，那次车祸是她有意制造的，目的就是认识大款……

随后，深感被骗的屈劲风跟杨雨梅发生激烈冲突。然而，杨雨梅不仅会哄人，也善于缠人，想要摆脱她并没有那么容易。屈劲风能想到的唯一办法，就是杀了她……

某日公安分局接到一对老年夫妇报案：其女儿杨雨梅失踪十五天了，手机关机，家中电话没人接，询问她的朋友和男友都说没有看见她。他们怀疑她可能遇害了……

在老人的陈述中，警方对杨雨梅的情况有了大致的了解：杨雨梅，29岁，原来在一家公司做文员，后因男友不希望她在外面工作而辞职在家。

老人哭着说，女儿一般每隔两三天就会给他们打一个电话。但是，自从半个月前，女儿给他们打了一次电话后，就再也没有任何消息。他们忍不住主动给女儿打电话，结果却是一直关机。她的男友屈劲风声称两人已经分手，不知道她去哪里了。他们这才急了，立即赶来报警求助。

接到报案，警方立即组织民警展开分组调查。一组民警围绕杨雨梅的社会关系展开调查。他们首先找到杨雨梅的男朋友屈劲风，41 岁的屈劲风是某大型企业的副总经理。他说，两人前些天因琐事吵架后，已经很久没有联系，她可能出去散心了。另一组民警则来到杨雨梅的租房。房内并无异常，杨雨梅的手机扔在床头，卫生间里还放着杨雨梅的日常化妆品，这说明她不像是去外地，只是临时出门了。

根据小区门卫的录像资料显示，十几天之前，杨雨梅拎着坤包和一个超市的环保购物袋进入小区，但是却没有她离开小区的记录；而当天晚上 9 点，屈劲风驾车进入该小区，于第二天凌晨 2 点 11 分离开；第二天晚上 8 点 23 分，他再次驾车进入小区，停留到凌晨离开。

对此，屈劲风的解释是：第一天，他与杨雨梅发生口角，被她赶出门；第二天，他想打电话给她解释，而她关机，于是，他在当天晚上来到她的住处，拿走自己的东西，可她不在家，等了几个小时后，见她还没有回来，他就离开了。此后，一则是因为心里有气，二则因为忙，他就没有再跟杨雨梅联系。他的解释虽然合情合理，但是并没有打消警方的疑虑……

杨雨梅的父母住在杨雨梅家里，父亲在女儿的住处无意中发现了零星血迹。专案组民警再次进入杨雨梅的租房，经过仔细查找，在电视垫板和卧室的窗子上发现两处被擦拭过的血迹。

种种情况表明，杨雨梅遇害的可能性大增。该案由普通失踪案件上升为刑事案件。杨雨梅是否真的遇害？尸体又被抛往何处？凶手是谁？根据现场门窗完整的情况，屈劲风的作案嫌疑直线上升。

屈劲风被羁押后，经过六个小时的较量，他的防线彻底崩溃，交代了将杨雨梅杀害并分尸，然后将尸块带到野外掩埋的事实……

难道仅仅因为几句口角，年薪百万的屈劲风就会将女友杀害并分尸？屈劲风在供认罪行后，不顾体面地号啕痛哭，说自己“上了这个女人的贼当”，家毁了，脸丢尽了，一生都被她毁了，他实在是无法摆脱她，只好让她从这个世界上消失！这到底是怎么回事呢？这一切得要从三年前的一场诡秘车祸说起……

三年前的一个下午，他的命运因为这一天的血色黄昏而改写！

这天下班后，升任集团副总的屈劲风兴冲冲地开着单位新配给自己的奥迪轿车，前往三里屯酒吧街参加朋友聚会，没想到半路上被一辆奥拓追尾。屈劲风又心疼又生气，熄了火蹿下车，走到奥拓车旁，拍着车门对司机吼道：“你怎么开的车，没看见前面有车吗？”奥拓车司机急忙下车，赔礼道歉：“对不起先生，是我不小心，请你见谅！”

声音轻柔而悦耳，犹如微微震荡的银铃。屈劲风愣住了：肇事司机是一名二十多岁的美女，白色的V领开胸衬衫，性感而又含蓄，下身套着一条墨绿色短裙，整个人又干净又漂亮。

屈劲风仿佛遇上了天使！

“没事，没事，你没伤着吧？”屈劲风笑了起来，自己的奥迪伤得并不严重，仅是后保险杠掉了两块漆；倒是肇事的奥拓车，前保险杠掉了，右前灯罩破了。

这个肇事女司机就是杨雨梅。在报警和通知保险公司后，两人开始聊了起来。屈劲风得知，杨雨梅硕士毕业后在一家公司做文员。屈劲风如实相告了自己的身份。听说屈劲风是名企的高层，杨雨梅的一双眸子更亮了，幽默地说：“那我撞了贵人了呢！”

屈劲风也乐了：“不贵不贵，经济实惠！”

两人相视一笑。那一刻，屈劲风如沐春风……

交警认定杨雨梅负全责。屈劲风因急着要去参加朋友聚会，并没有马上将车送到保险公司指定的修理厂去维修，他要了杨雨梅的电话，说到时将修车费发票交给她，一同找保险公司理赔报销。其实，他的本意就是想要她的电话，找借口跟她联系。

经过这么一折腾，再加上堵车，屈劲风足足迟到了一个多钟头。当朋友们得知他跟一个美女撞车后，都起哄怂恿他说："撞车也是一种缘分嘛，留电话了吗？干脆叫她过来坐坐呀！"

屈劲风就真的给杨雨梅打电话："你好！我是刚才跟你撞车的屈劲风呀，朋友们都埋怨我没有风度，一个小姑娘撞车受惊了，却不懂得怜香惜玉。要不你过来一起坐坐吧，给我一个弥补的机会？"

杨雨梅委婉地拒绝了，说她刚从修理厂回家，觉得有点累，不想出来了。挂了电话，屈劲风怅然若失。当晚回家后，屈劲风一夜辗转反侧。他跟妻子结婚多年，还有一个上小学的儿子，日子过得平淡无奇。

因为对婚姻的失望，屈劲风一直心神不静，时常冒出离婚念头。那天遇见杨雨梅，他觉得是一种缘分……

第二天下午，屈劲风就接到杨雨梅的电话，问他的车是否修好了，屈劲风说自己还没有来得及去修理厂，然后说觉得跟她聊天很愉快，想再跟她聊聊。"你晚上有空吗？我请你吃饭。"杨雨梅有些犹豫，最后还是答应了。

晚上，两人在歌厅碰头了。这天晚上，两人唱到很晚，也聊到很晚。杨雨梅温婉文雅，几乎每一句话都说在屈劲风的心坎里，杨雨梅阳光般的笑容盛开在他心里！

此后，两人经常在一起唱歌、吃饭、聊天。屈劲风虽然觉得杨雨梅是喜欢自己的，但他仍不敢造次。毕竟，他比她大12岁，还有家室，她会怎么想呢？

杨雨梅当然明白屈劲风在想什么，在几次歌厅里的情歌对唱中，杨雨梅主动向他伸出手，他热切地握住了杨雨梅那柔弱无骨的手……

两人的感情迅速升温。为了方便约会，杨雨梅租了一套房子，作为两人的爱巢……

杨雨梅不仅精通厨艺，还很有艺术修养。在屈劲风看来，杨雨梅是一个真正“上得厅堂、下得厨房”的精品女人。同居三个月后，屈劲风舍不得杨雨梅辛苦去上班，让她辞了职，每月给她一万元家用。

一个周末，妻子难得有空回家，屈劲风只好回家陪她。可是，两人一顿饭没吃完，就拌了嘴，原因是他嫌妻子的菜做得难吃。半夜他再也睡不着了，醒来后看了妻子半天，觉得自己真的不爱她了！屈劲风悄悄起床，连夜开车去了杨雨梅那里……

之后，杨雨梅开始用割腕、撞头、大吵大闹等方式向屈劲风逼婚。

无奈之下，屈劲风向妻子提出离婚。不仅如此，杨雨梅还到屈家找到屈劲风的妻子李爽，要跟李爽谈谈。李爽怕影响了儿子，就跟杨雨梅下楼去谈，恰巧屈劲风从外面回来，杨雨梅上去就拉住屈劲风的胳膊说：“我要跟屈劲风结婚！”

见杨雨梅大闹，李爽什么也没说，屈劲风也一言不发。后来，杨雨梅几次跑到屈劲风家楼下，在小区里高喊：“我爱屈劲风，我要跟屈劲风结婚！”那场景，就像张艺谋电影里那句“安红，我想你想得睡不着觉”差不多，只不过在楼下喊的是个美女。

经过杨雨梅的几次闹腾，屈劲风的婚姻无法挽回了！

屈劲风最终与妻子协议离婚，他做出巨大让步：只拿了 10 万元和一辆旧车，家庭其他所有的上千万的财产归李爽与儿子所有，儿子归妻子抚养，屈劲风每月支付 5000 元抚养费。

在最后的晚餐上，李爽对屈劲风说："我们好歹夫妻一场，有一句话我得提醒你，以一个女人的直觉，我觉得杨雨梅并不像你说的那样好，她不过是在演戏，你谨慎一点吧。"

屈劲风不以为然，随后搬到杨雨梅租住的房子里一同居住。谁料，当杨雨梅得知他把大部分财产都给了前妻后很不高兴。她郁闷地说："那我们今后靠什么生活？"屈劲风解释说："我工资、奖金还行，还有年终分红，绝对不会让你过苦日子的！"

杨雨梅恼火地说："我是觉得你把这么多的财产都给了前妻，说明你在乎她，你爱她胜过爱我，你这样做，让我没有安全感！"

杨雨梅泪流满面。屈劲风觉得杨雨梅并非贪心，只不过是在寻求心理平衡。孰料她从此像变了一个人，经常找借口让他给她买贵重礼物。很快，屈劲风离婚分得的 10 万元存款就花光了。杨雨梅要他给她买一辆新车。他左右为难，她就撒娇说"你的钱财舍得给前妻，却不肯给我花，说明你对我的感情是假的"……

屈劲风想跟杨雨梅结婚，但是只要一谈到这个问题，杨雨梅就逼着屈劲风去买房。而三四万一平方米的房价，对刚离婚的屈劲风来说，真是有些困难，因此，买房的这个念头只好暂时搁置。但是只要一谈到房子，两人就要大吵大闹一番，有几次都惊动了邻居报警。自然，结婚一事也搁置了下来。

不过，除了这些摩擦和矛盾外，两人相处得还比较愉快。屈劲风恢复单身后，杨雨梅终于可以公开去参加他朋友的聚会了。每次，她的淑女风范，都颇得朋友们的称赞，让屈劲风很有面子。杨雨梅偶尔也带屈劲风参加自己朋友的聚会，她的朋友几乎是清一色的美女，看上去都颇有修养。

见屈劲风一表人才，又是领导干部，姐妹们都很羡慕杨雨梅。或许是姐妹们的话引起了杨雨梅的警觉，她开始疑神疑鬼，不允许屈劲风与其他女性接触。屈劲风纳闷儿地说：“你以前不是这样小气的呀！”杨雨梅振振有词地说：“以前是以前，现在是现在，我不能让别人抢走你！”屈劲风怔住了……

让屈劲风不安的是，杨雨梅在他心目中的美好形象，正在一步步坍塌。他惊异地发现，杨雨梅在骨子里是一个物质女孩，而且很刁蛮。当两人正式同居后，她不复以前处处替他节约的体贴，吃饭点龙虾，购物去商场，让屈劲风倍感压力。

屈劲风开始相信前妻对杨雨梅的判断。但杨雨梅时而撒娇发泼，时而温柔如水，让他欲罢不能。

一天晚上，杨雨梅正在卫生间洗澡，忽然“滴”的一声，一条短信发至她放在卧室床头的手机上。屈劲风一时好奇，就拿过来一看，原来是她的闺密吴敏发来的，内容却很诡秘：今天真倒霉，好不容易撞上一辆保时捷，谁知对方只是个司机，毫无素质，还差点打我一顿，搞到现在才处理完。你的命咋就这样好呢，一撞就是个金领，不服不行啊！

看着这条奇怪的短信，屈劲风忽然意识到什么……

第二天晚上，屈劲风打电话给吴敏，说有点私事想请她帮忙。他们在一个酒吧见了面。两人喝得微醺时，屈劲风谎称自己想跟杨雨梅求婚，可他害怕求婚失败，于是找吴敏打听“有何稳妥的高招”。

屈劲风跟吴敏接触过几次，觉得她城府不深，对杨雨梅有一点“羡慕嫉妒恨”的感觉。果然，当她听屈劲风说完，脸上滑过一丝嫉妒的神情说：“很好办，买套大房子，买个大钻戒，再送上 999 朵玫瑰就 OK 了！”

屈劲风盯着她的眼睛，突然问道：“你能解释一下昨晚发给杨雨梅的短信吗？”

吴敏顿时尴尬起来，屈劲风说：“我只是想知道真相，你放心，我会保密的。其实，你大概也知道，杨雨梅并没有真正把你当好朋友……”

或许是有点酒意，或许是出于嫉妒，也或许是中了屈劲风的离间计，吴敏透露了杨雨梅的秘密……

原来，杨雨梅曾在一家高档会所工作。那里聚集着一群拜金女郎，成天在一起交流心得，怎么结识、套牢大款。她们认为，几乎每一个成功男人都有一个“淑女梦”，没人愿意自己的枕边人是一个粗俗的女人。而这家会所则专门请了有关礼仪方面的老师，对她们进行系统的艺术、礼仪、心理等方面的培训，将她们训练成“淑女猎人”，杨雨梅和吴敏也在其中……

追尾屈劲风的那次车祸，是杨雨梅有意制造的。其实在此前，她还驾车撞过几次豪车，结识了三个成功人士，但只有痴情的屈劲风为她离了婚……杨雨梅的成功经验，鼓励了好友吴敏。没想到，她这次撞上的并非大款，而是一名穷司机，还差点挨打。沮丧之余，发短信跟杨雨梅诉苦，没想到却被屈劲风无意中看到了。

得知这些情况，屈劲风有了一种被愚弄的感觉。他一贯自负，没想到却被一个小姑娘玩弄于股掌之间，为了她妻离子散，还以为捡了一块宝！

下班后，屈劲风主动找到杨雨梅谈判。杨雨梅却轻蔑地说：“既然你知道了，我也不瞒你，你现在离婚了，只能跟我结婚，结婚的前提是必须马上买房，不然我就闹得你身败名裂。你如果毁了，我大不了再找别人，你自己看着办！”

领教了杨雨梅的厉害后，屈劲风决定从长计议，假意答应不再分手。见他服软，杨雨梅立即变得温柔起来，她语气真诚地说：“纵然我以前百般不是，可我现在一心一意跟着你，请你相信，我会是一个好妻子！”

屈劲风听后，心里五味杂陈。

一个周末，屈劲风与李爽和儿子一起吃饭。面对曾经恩爱的妻子和蒙在鼓里的儿子，屈劲风眼睛发潮，羞愧难当。他知道，妻子不会原谅自己，家是回不去了。而他与杨雨梅的婚姻又结不成，他不知道下一步自己该怎么办。

没想到，屈劲风正在伤感时，杨雨梅却打来电话，让他回家吃饭。得知他正在陪儿子和前妻吃饭，她当即在电话中跟屈劲风吵了起来。屈劲风心烦意乱，但还是回来见杨雨梅。

回来后，杨雨梅与屈劲风大吵一架。屈劲风觉得她就像是一个演员，时刻在演戏；又像一个阴魂不散的幽灵，那一刻，他觉得必须尽快摆脱这个纠缠不休的女人。

主意打定后，屈劲风到建材城买了铁锹，之后开车出了城，在路边选了一个土坡，用铁锹挖了个坑，挖完坑后再开车回来。他又去建材城买了一把铁锤、一卷塑料绳、七八个中号的塑料袋、两个特大号花格编织袋，还在住处附近的一个超市买了一把菜刀，并把买来的东西都放在了汽车的后备厢里。

晚上 6 点多回到家，杨雨梅又开始和屈劲风吵架，吵完架后杨雨梅没事一样回到卧室里睡着了，屈劲风却怎么也睡不着。看着她那张美丽的脸，却越看越觉得狰狞，他悲哀地想，现在必须摆脱她……

杨雨梅善于把握屈劲风的弱点，让他乖乖落入自己掌中。但是，她却没能觉察到他温和性格中疯狂的一面，最终给自己招致灭顶之灾！

晚上 11 点，屈劲风下楼从后备厢里拿出了铁锤、菜刀、塑料袋等物品。回到房间后，借着电视的亮光，屈劲风突然举起了铁锤，一下砸向了杨雨梅的头部……

稳定情绪后，屈劲风将杨雨梅的尸体肢解并装入编织袋，清理完现场后，他踏踏实实地睡了一觉。第二天早上 9 点，屈劲风开车拉着尸块来到了早已挖好的坑中掩埋……

尽管屈劲风觉得一切天衣无缝，但是最终还是难逃法网。屈劲风因涉嫌故意杀人罪，被检察机关起诉到法院。经过审理后，市高级人民法院以故意杀人罪终审判处屈劲风死刑，缓期两年执行。

第六篇

单身女人需设防

深夜，警方接到110群众报警电话称：在某小区楼道里发现一名女子，全身是血。警方立即出动，发现这个死去的女子居然是某机关副处长叶子君。她的胸口上扎中两刀致肺动脉及左肺失血性休克，已经死亡。因为叶子君刚刚与丈夫离婚，所以她的前夫李飞扬被作为重点怀疑对象被警方传讯，经多方证实，他不具备作案的时间和动机，案情一时陷入僵局。

直至一个叫作杨树材的犯罪嫌疑人因为抢劫罪被警方刑事拘留，经指纹比对，他正是杀害叶子君的凶手！杨树材多次抢劫强奸妇女。表面上看起来地位悬殊、毫无关系的两个人，是如何牵扯在一起的？难道是杨树材对这位离婚后的女处长见色起意？

元宵节前夕，各个大餐馆新年后刚刚开始营业，所以都非常繁忙。一个打扮时尚的女人来到一家大酒店，要求经理给她雇用一个临时厨师，因为她要在家里开生日聚会。这个女人叫叶子君，她非常喜欢这家酒店地道的东北菜系，所以想向他们借一个厨师。

酒店生意兴旺，正缺大厨，但经理也不愿意得罪叶子君，谁都知道，叶子君是附近一个机关手握实权的副处长，权倾一方，他们酒店是这个机关定点消费的酒店。

经理不愿意动用酒店真正坐镇的八个大厨师，所以就叫来了刚应聘来的厨师杨树材，并向叶子君推荐，说他已经在酒店炒菜三年，他炒的菜非常受欢迎。叶子君对杨树材说："你帮我做一顿八个人吃的饭，原材料另算，我给你劳务费800元，以后做得好，常年在我家做饭。"杨树材惊讶地吞了一下口水，因为他其实刚来这家酒店一个月，在大厨忙不过来的时候，打下手炒了几个菜，被端给顾客蒙混过关，一个月工资600元他已经很满足了。杨树材听说有人愿意高薪聘他做临时的家庭厨师，不由得欣喜若狂连连点头。经理等叶子君走后拍拍杨树材的后背说："这个女人你要是伺候好了，你就真是下半生不愁了！"

几天后，叶子君开着一辆奥迪A4来接杨树材，杨树材激动得把脚在地上蹭了几下才敢上车。坐在车里面他一直沉默不语，更不敢正眼看叶子君一眼。叶子君把他带到超市，递给他一张购物卡，让他尽情去买高档菜肴以及佐料，自己则在车上对着化妆镜修整妆容。等杨树材拎着一大袋精心采购的原料回来，叶子君看了一下购物清单后居然让他重买，说食材太低档了，买的这批让他自己带回去吃，再买一定要有鲍鱼、甲鱼、燕窝。杨树材一边在心底狠狠地骂着这个太过飞扬跋扈的女人，一边只有折回去重新买，并且在叶子君的命令下往车上抬回了一箱高档红酒。杨树材刷卡的时候，惊讶地发现购物卡里面不是以千计数，而是过万，他再次感叹人生的不同。

折腾到下午3点，车的后备厢塞得满满的，叶子君带杨树材回到自己的家。当杨树材进入叶子君的家后，立即被那气派的装修震慑了：客厅内铺的是厚厚的地毯，水晶珠帘覆盖了近乎一半的空间，餐厅里居然放了维纳斯的半人高塑像，这哪里是家，完全是一个小型的高档会所。

杨树材在厨房认真忙碌，叶子君的八个女友不久一一到来，杨树材把水流开得小小的，偷偷听外面的喧嚣。原来，叶子君招呼这几个女友庆祝自己重回单身，也为自己离婚冲冲晦气。她在春节之后正式与丈夫李飞扬离异了。杨树材把厨房门拉开一条缝，偷偷往外看，叶子君的女友们打扮精致，都是城市的精英。但是好像婚姻生活各有各的不幸，所以现在她们开狂欢派对，庆贺叶子君的“新生”。

杨树材围着围裙，一道道菜端出去，在九个犀利女人的眼光下，他有些无所适从。这些女人高谈阔论时政与男人，并没有在意菜的味道，不久她们都像醉猫一样迷蒙了双眼。

从几个女人的谈论里，杨树材大概了解到，叶子君因为忙于事业，始终不能安下心来给丈夫李飞扬生下一个孩子，于是丈夫包了一个空姐做“二奶”。叶子君知道后，丈夫也愿意与她离婚。叶子君动用了自己的社会关系，婚是离了，她没有让丈夫拿到一分钱，而是让他作为过错方净身出户。

一群醉女人闹起来很可怕，有三个吐了，两个歇斯底里地唱歌哭泣，叶子君则一个劲儿地抱着沙发靠垫，喊着一些含糊不清的话。这个女人的世界对杨树材来说，简直是见所未见，他特别想窥视，又感到害怕。在清理了客厅的污物，又把厨房收拾干净后，他轻手轻脚地离开了。

第二天中午，叶子君打杨树材手机，要他去拿昨天的800元工资，并给自己带去一点吃的东西。杨树材买了一袋速冻饺子，就火速跑到叶子君的家里。这时候杨树材发现这个家像死一样沉寂，而且到处都杂乱地扔着东西。叶子君穿着睡衣，病恹恹地在写一份报告。她看了一眼杨树材手上的饺子，烦躁地说：“我不吃这么水货的东西，你给我炒餐馆的菜，我要吃正餐！”

杨树材突然很生气地说：“你以为只有贵的东西养人吗？你昨天醉成那个样子，今天不吃这种东西怎么能保养自己的胃！”说完他径直跑到厨房去煮饺子。叶子君愣了一下，不知为什么跟着他跑到了厨房里。

看着杨树材忙碌，她主动和他聊起了私事：“我与丈夫结婚五年，我都没有进过厨房。这个家，厨房对我来说是最陌生的！”杨树材不知如何搭话，低头不语，默默地煮着饺子。

杨树材把热腾腾的饺子端到客厅的时候，叶子君突然有了久违的食欲。杨树材配制出的调料，更是让叶子君觉得美味无比。她把饺子一扫而光，一个劲儿地赞叹：“没有想到东西是一样的，做的人不一样，感觉就会完全不一样。”

几天之后，杨树材再次按照叶子君的要求到她家做饭的时候，发现叶子君正在家对做卫生的钟点工发火，说自己有一份重要的资料被钟点工弄丢了，明天开大会正要用的。钟点工被叶子君厉声数落得实在受不了，收拾东西就走了。叶子君一边抱怨着今年实在不顺心，一边流下眼泪来。

杨树材连忙擦干了手到她书房里面，打开抽屉一张一张纸地帮她清理，归类。他发现，书房的抽屉里面居然还有吃了一半的巧克力、打开半包的薯片和已经发霉的其他零食，还有一些已经过期的购物券。杨树材一边清理一边感慨叶子君完全是一个业务上的精英，生活中的弱智。

不到 10 分钟，杨树材就帮叶子君找到了她那份标号为 126 的重要领导讲话资料。叶子君连忙上前拿过，跑到电脑前去工作了。过了一会儿，她才对杨树材感激地笑了笑：“你真厉害，要不明天我上班可惨了，真不知道我如今的生活怎么突然就乱了套，以前我是太依赖别人了！”

杨树材连忙表明，自己愿意到叶子君家当厨师兼钟点工，特别是在她离婚后不适应生活的这段“艰苦”岁月里。

叶子君再次对杨树材一笑：“好啊，那你快快做饭吧，你把工作辞了，每天在我家上班八小时，我一个月给你 1500 块好不？”杨树材连连点头。做完饭后，叶子君指指自己的卧室对杨树材说：“你干脆好人做到底，帮我清理换季的衣服吧，我是个什么事情都不会做的女人！”

其实此时在叶子君眼里，她只是把杨树材看成了一个小弟弟，看成了机关众多听凭她吩咐的部下之一。她对这个底细不明的打工仔连丝毫的戒备心理都没有，完全失去了在官场上八面玲珑的精明。

对叶子君的极度信任，杨树材有些受宠若惊。他连忙跑入叶子君的卧室，刚打开衣柜，里面塞成一团的衣服像雪崩一样倾泻而出。原来自从老公走了以后，叶子君就没有将任何衣物送去干洗，而是一股脑儿地堆在衣柜里面。杨树材将那些高档衣物一件件清理出来，在认真地咨询了叶子君的意见后，他连忙把衣服又送到了小区附近的干洗店清洗。

自此，杨树材的足迹逐步涉入这个高级白领生活的方方面面。叶子君出手大方，杨树材帮她修理马桶，在洗手间里面安装防滑垫，为地板打蜡。原来这些生活琐事都是叶子君的前夫做的。看到整洁一新的家居，恍然间叶子君觉得离婚后曾一度忙乱空虚的生活似乎又回到了正轨。

杨树材早上 8 点来，每天干完家务加做晚饭。起初，杨树材从不上桌吃饭，总是在厨房里等叶子君吃完，他把家里收拾干净后才吃饭。后来，叶子君竭力要求他和自己一起吃，说一个人吃饭太无趣了。杨树材上桌后，特地准备了一双公用筷，每次都主动用公用筷夹菜。这点细微的举动没有逃过叶子君的眼睛。

在饭桌上，叶子君经常很张扬地讲述她在单位所干下的丰功伟绩，杨树材如同听天方夜谭般一脸崇拜地听着、看着。一段时间里面，两个人维持着这种奇怪的关系。

每天，从叶子君家出来，杨树材都要骑着自行车回到他租住的 14 平方米的平房里。在残破的房子里面，杨树材加倍想念叶子君的豪宅、冰柜里面的美酒、客厅的液晶电视，还有叶子君那豪华的大床……

之后，杨树材又连续地在叶子君家做了两天晚饭。第三天，叶子君的妈妈上门看女儿，看到一个男人在自己女儿家做晚饭，就非常不高兴，觉得女儿刚离婚，怎么都不该随便让一个陌生的男人进进出出。叶子君解释说是一次聚会借来的金牌厨师，因为觉得菜的口味对上了，所以一直留着用，但是现在让杨树材离开又觉得不妥。叶子君的母亲说要赶紧帮她找个做饭的女钟点工，并要杨树材干完这个月就离开。

几天后，杨树材用叶子君支付的钱买来了一大束百合，杨树材说，感觉这个家缺少点生气，所以买来一束花，不知道叶子君喜不喜欢。叶子君要杨树材以后不要瞎浪费钱，并随手就递给他一张500元的购物卡。杨树材十分感动，他说他以前以为叶子君就是个高高在上的大人物，想不到她还会去体谅别人，他打心眼儿里敬佩她。

以前，叶子君看在家里劳动的杨树材基本像看一团空气，当她逐步感受到了杨树材的“细心”和“真诚”后，她若有所动。有的时候人真的是很奇怪，愿意对身边的陌生人掏心掏肺。叶子君对杨树材说，这段时间也在反思，自己究竟是成功还是失败，为了在机关站稳脚跟，一年365天有300天在外面出差，冷落了丈夫，而自己升处长刚刚半年，丈夫就出轨了，理由是没有吃过自己做的一顿饭，没有穿过自己洗的一件衣服。看到丈夫宁肯净身出户也要坚决离婚，才知道自己有多失败！

杨树材告诉叶子君说：“这都不算什么，既然我已经要离开了，就实话对你说吧，你是一个够幸福的女人。可是我呢，22岁那年女朋友移情别恋跟一个小老板跑了，我却连对方的手都没有牵过。有一次我醉酒后想跟女友亲热，却被那个刚巧赶来的小老板扭送到公安局，后来因强奸未遂被判处有期徒刑五年，从此我的心被彻底伤透了，认为女的没有好东西。出狱后我一直在社会游荡，受尽了别人的冷眼，只好去当厨师。”

实际上，杨树材抛出自己以往这点劣迹的目的，是想博得同情，但他并没有说出更多埋藏在心底的秘密：认识叶子君之前，他只是在各个餐馆打零工，下班之后就泡在网吧里上网聊天约见网友。他先后诱奸和强暴过几个与他见面的女网友，还顺手抢劫了她们的手机以及钱包。

如同杨树材所料，叶子君听了他的悲情故事后毫不以为然。她反倒认为杨树材是在编造故事哄她，她觉得杨树材长得这么老实，怎么会是抢劫强奸犯。杨树材看见叶子君没有一点不悦的意思，就扑通一下跪在她面前，抱住她的双腿说："这世界上就你对我最好，看得起我。把我留在你身边吧，我天天给你揉背洗脚，做最好的美食给你吃！"叶子君抽出一只脚一脚蹬在杨树材胸口上，生气地说："你是不是疯了？"

杨树材这下真的疯了，他一下子站起身来用力地抱紧了叶子君。叶子君吓疯了，她用尽力气想从杨树材怀里挣脱，可无法动弹。

感觉到危险的叶子君连忙用缓兵之计："杨树材，我，我是对你有好感的，但是你要给我时间考虑一下。"

杨树材的手渐渐松缓了下来，叶子君连忙抽身出来。她"真诚"地告诉杨树材说："你也看到了，如果没有男人的照顾，我自己在生活上弱智低能，所以我会考虑你的建议，但是现在我需要安静与休息，明天单位还有两个会议。你先走吧，让我想想。"

听叶子君这么一说，杨树材也觉得自己刚才的行为太冲动了，他都不敢正眼看叶子君，说了一句"你好好休息吧"便急忙走了。

杨树材一离开，叶子君就放声大哭，她给前夫李飞扬和自己的妈妈打电话诉说委屈，但又不好意思说出自己被一个做菜的钟点工轻薄的实情，只是不停地哭着。一个小时后，前夫与妈妈都赶来了，看着叶子君这么凄惨的样子，哭得好像神志都不清楚了，李飞扬流露出了想与叶子君和好的样子，这大大安慰了叶子君，她也渐渐地从低落的情绪中走了出来。

第二天，当杨树材满怀希望地走进叶子君的家门时，却发现叶子君家里坐着四个穿制服的男人，这些人都是叶子君所在小区的保安。叶子君把 500 元摔到杨树材脸上说："这是你一个月的工钱，鉴于你昨天对我不轨，我只能给你这么多钱，你现在可以走了！"

杨树材生气地说："原来，你和那些贱女人也没有什么区别。"叶子君则嘲讽道："你杨树材是什么东西，也不去照照镜子，都怪我看走了眼。"四个保安推搡着让杨树材快点离开。

杨树材恨恨地看着叶子君，叶子君心软了，她又拿出了1000元钱递给他："你快点走吧，我还不想把这事闹大，不然我打110了。"

这下，杨树材蔫了，他收下钱后满怀希望地问叶子君："你要我把工作都辞退了，你又不要我继续为你工作，那你能不能把我安排到你们单位下面的企业工作啊？"叶子君再次愤怒了："我们单位都是30岁以下的硕士，你这个劳改犯就不要再痴心妄想了，你去找一家餐馆继续炒你的菜！"四个保安把杨树材推出了门，叶子君一再警告杨树材不得再骚扰自己，并告诫保安不要让杨树材进入自己的小区。

此后，叶子君回到了自己正常的生活中。而前夫李飞扬也渐渐有了悔意，有时候，他也搭着叶子君的车回自己原来的家，帮着前妻做饭洗衣，两人的关系又融洽了起来。而杨树材却没有办法再回到原来到处找餐馆打工的生活中去，在叶子君的家里上班的大半个月，是他自觉人生最幸福的岁月，他常常在叶子君家的小区外徘徊，数次被保安警告。他红着双眼看着叶子君开着车带着男人在小区门口出出进进，心如刀割。

得知叶子君出差了，杨树材依旧天天跑到小区门口守望，他渐渐生活在自我的幻想中，他觉得都怪自己那晚没有霸王硬上弓与叶子君发生关系，导致了叶子君这煮熟的鸭子又飞了。偏执的想法像魔鬼一样盘踞在杨树材的心头。

叶子君出差回来当晚，看到她停车上楼，杨树材早就乘保安不注意尾随混入小区。叶子君一进楼道，就听见身后的防盗大门被人关上了。杨树材尾随而入，一下子从后面把她抱住了，叶子君用力推开杨树材："你这个人渣，给我滚！"

杨树材被骂红了眼，一下子从裤兜里拿出了刀子，恶狠狠地说："你再反抗我就杀了你！”叶子君疯了一样地用腿顶向杨树材的裆部。杨树材痛苦地叫了一声，挥刀就刺向叶子君的心口，并把刀拔出来再刺了一次。叶子君一声惨叫倒地就没有了声音。杨树材把叶子君身上的挎包抢走后急忙逃离了现场，叶子君被捅伤后因失血性休克当场死亡。

警方接到附近居民的报警电话，很快证实死者是叶子君。通过排查和走访，警方将杨树材列为重点怀疑对象，但寻访了几天，杨树材一直不知去向。而叶子君家里也找不到任何证实杨树材真实身份的资料。

作案后杨树材一直潜伏着，他昼伏夜出，后来又连续作案，四次尾随女人，在楼道内强奸抢劫。三个月后，杨树材因抢劫一名女网友被抓获。警方在比对指纹后，发现杨树材正是杀害叶子君的凶手。

杨树材因涉嫌故意杀人、强奸、抢劫罪被批捕。市第二中级人民法院一审以故意杀人罪判处杨树材死刑，剥夺政治权利终身。

第七篇

女警花碾碎屈辱

三名犯罪嫌疑人将某部委机关副处长周平桂用铁锤和铁棍打昏，然后将周平桂抛至马路中间用汽车碾压，致颅骨迸裂、心脏挫伤、肋骨骨折而死。由于此案牵涉机关的干部，而且作案手段又如此凶残，顿时谣言四起。

警方全力以赴，在不到一个月的时间内就侦破了此案。令人震惊的是，这三名犯罪嫌疑人中的两名主犯张小琴和赵胜，竟然是身着警服的人民警察。而这起血案背后，竟然隐藏着一个女警官屈辱的情人生活和扭曲的人生……

在很多人眼里，张小琴是一个非常幸福的女人，她所拥有的一切足以让天下的女人羡慕嫉妒。虽然她不是出身豪门望族，但她一直生活在一个非常温馨的家庭里，受到了非常好的家庭教育，加上她天生聪慧，一直受到周围人们的赞赏。从上中学开始，张小琴已经出落得非常标致，加上她善解人意，特别是那一双如一潭深水般的大眼睛最让人着迷。

张小琴大学毕业后参加公安工作，成为一名光荣的女警察。在从事公安工作的十多年里，她不但是一名女警察，在单位里还担任着至关重要的财务科科长的职务。张小琴的丈夫龙海峰更是警队中的佼佼者，而且还是一名担任重要职务的领导干部。

张小琴与龙海峰可谓志同道合，比翼双飞。婚后，夫妻二人琴瑟和谐，相亲相爱，被别人羡慕得要死。夫妻两人经常出双入对，亲密无间。应该说，张小琴要雨得雨，要风得风。如果按照这个轨迹走下去，无论生活还是工作，张小琴一定会前途无量。

张小琴非常爱自己的丈夫，龙海峰对张小琴也呵护有加，两个人形影不离，即使丈夫在外面有应酬，也让朋友接张小琴参加。

在经常接送张小琴的朋友中，最频繁的是给某部委一位领导干部开专车的周平桂。周平桂是丈夫龙海峰的朋友，他长得风流倜傥、一表人才。因为周平桂比龙海峰大一些，张小琴和龙海峰就叫周平桂“大哥”。

坐部委领导的专车去赴宴，毕竟是一种身份的象征，何况周平桂非常殷勤，几乎随叫随到。有一个时期，周平桂开车除了保障领导之外，就是接送张小琴了。

周平桂的出现，让张小琴倍感温暖。周平桂长得很帅，而且特别善解人意，尤其很会讨女人的欢心。而风韵逼人的张小琴，也同样赢得了周平桂的好感。

张小琴跟龙海峰结婚后住在市郊，恰巧与周平桂的家住得不远，这样他们和周平桂接触的机会就比较多。有时候龙海峰下班前跟朋友到外面去应酬，时常叫周平桂开车接上妻子张小琴一起去，而张小琴下班的时候，也经常打电话叫周平桂开车接她回郊区的家。时间久了，他们之间的关系越来越近，尤其是张小琴和周平桂的接触越来越频繁。

龙海峰是一个非常上进的人，一直很受领导的赏识，在单位工作比较忙。因为经常在单位值班、加班，有时候十天半个月都回不了一趟家。这给张小琴后来的情变埋下了隐患。

婚后不久，张小琴怀孕了，反应得比较厉害，身体有些支撑不住了。白天忙了一天的工作，晚上回到家，丈夫却在单位加班，一种孤独寂寞的感觉便会萦绕在她的心头。每每此时，独对孤灯的张小琴就特别渴望丈夫的陪伴和爱抚。可这时候丈夫却正在岗位上忙着执勤。

有一天晚上，张小琴呕吐得厉害，想让丈夫回家送她去医院。她给龙海峰打过电话去，一听龙海峰忙着加班工作，张小琴欲言又止，龙海峰一问妻子打电话没有什么事情，也没往心里去。这时候张小琴想到了周平桂，打电话给周平桂一说，周平桂立即开车来了，把张小琴送到了医院。这让张小琴从心底里对周平桂充满了感激。

有很多次，丈夫在晚上值班的时候，张小琴打电话过去，本想跟丈夫说一点夫妻间的话语，又怕影响了丈夫的工作，多少次都欲言又止。随着时间的推移，面对忙于工作、事业蒸蒸日上的丈夫，张小琴心里充满了莫名的失落和悲哀。

虽然在别人眼里是比翼齐飞的夫妻，可在这样暖暖的春夜里，连正常的夫妻生活自己都无法享受，想到这些，张小琴委屈得都会流泪。忙于工作的龙海峰却没有注意到妻子的情绪变化，忽视了妻子的感受。

而在这期间，张小琴和周平桂的接触越来越多。

有一天，龙海峰到张小琴的单位接她下班，刚到张小琴单位门口，就碰到周平桂匆匆忙忙往外走，龙海峰问：“桂哥，你干什么去了？”

周平桂一见龙海峰，脸色极不自然，吞吞吐吐地说：“我刚找你爱人办了点事情，现在有点急事要出去。”说完就神色慌张地走了。

龙海峰见到张小琴后，随口问她：“刚才桂哥来找你了？”但张小琴神色紧张，矢口否认周平桂来过。这让龙海峰内心充满了疑问：难道周平桂和张小琴的关系是真的超出正常范围了？

就在不久之前，一个熟悉周平桂的朋友提醒龙海峰说：“周平桂这人不怎么样，以后让你爱人离他远一点儿。”想起朋友的提醒，龙海峰的心头疑云顿生。

无风不起浪，已经不止一个人提醒过龙海峰要对妻子好一点、防着周平桂一点了。龙海峰决定跟张小琴和周平桂好好谈一谈。但张小琴一口咬定她跟周平桂只是普通朋友，绝对没有出轨行为，同时表示尽量减少与周平桂的接触。而周平桂也信誓旦旦地对龙海峰说："我是你大哥，绝对不会做出对不起朋友的事情。"

虽然他们两个人都否认有过分的关系，但龙海峰还是有疑虑，毕竟妻子跟周平桂来往的频繁程度已经超出了正常范围。龙海峰跟两个人谈完后，觉得他们根本没有悔改的意思，就此还专门给周平桂的爱人打电话。谈及这件事情，周平桂的爱人却说："他们俩不可能有那事吧，你还是管好自己的老婆吧。"一句话把龙海峰堵得够呛。

自从龙海峰郑重地跟张小琴和周平桂谈话之后，龙海峰再也不跟周平桂来往了。张小琴也很少在龙海峰面前提起周平桂，一切仿佛风平浪静。

龙海峰见不到他们之间来往，渐渐地就把这种不愉快忘到脑后，以更多的精力投入到工作中了。毕竟，龙海峰非常爱自己的妻子，他也不相信妻子会红杏出墙。

张小琴生孩子之后，三十出头的龙海峰成为单位里的副处级领导，手头上的工作更忙了，很少能够陪伴在张小琴的身边。张小琴心里非常委屈，在坐月子的时候，张小琴受了风寒，再加上丈夫对自己和周平桂关系的误解，张小琴心里非常苦闷。她想跟周平桂交往，爱人又不让，风言风语也让自己抬不起头来。

为了治疗月子病，周平桂不计前嫌为张小琴忙前忙后，联系了很多医疗专家，最后甚至找到一位气功大师帮张小琴看病，天天开车接送张小琴去治疗。在周平桂的细心照料下，张小琴的身体慢慢康复了。

由于丈夫忽略了对自己的关心，张小琴从感情上对周平桂越来越依赖了。很多事情她不跟丈夫说，也要跟周平桂说。而周平桂也不时对张小琴提起，自己跟爱人感情不好，不喜欢自己的爱人。

张小琴越来越喜欢起这个“桂哥”来。四十多岁的周平桂看起来像三十五六岁，再加上他为领导干部开车培养出的细心与体贴，这一切都让张小琴感到幸福和心动。

张小琴跟周平桂认识已经好几年了，风言风语并没有阻止他们交往的深入，他们后来的交往是瞒着龙海峰的，这让两个人都感到某种类似偷情的刺激。

夏季的一天晚上，张小琴在家感冒了，但家里没有药，她自然而然地想到了周平桂。给周平桂打完电话后，周平桂急匆匆开着轿车送来了很多药品，还亲自为张小琴下厨做了一碗可乐姜汤。

端着热乎乎的姜汤，张小琴的眼睛湿润了。这时候，周平桂坐在她身边，轻轻地拥着张小琴入怀，在她身边极尽温柔缠绵。张小琴陶醉在周平桂的关爱中，周平桂不失时机地抱住了张小琴。张小琴心如撞鹿，顺从地依偎在周平桂身上。周平桂不停地亲吻着张小琴，张小琴小声地问了一句：“桂哥，你能爱我一辈子吗？”

“能，我爱你一万年！”周平桂信誓旦旦。张小琴的身子已经化作一团软泥，她闭上眼睛，任由周平桂把自己覆盖着……那一刻，张小琴心底涌动着爱的潮汐，她紧紧地抱着周平桂亲吻起来……

当干柴遇到烈火，那只有欲火焚身了。从这之后，两个人的性关系一直紧锣密鼓地进行着，他们各自的家就成了两人私会的场所，这让张小琴感受到了从丈夫那里没有得到的和谐和快乐。

这个时候，丈夫龙海峰早就不跟周平桂来往了，张小琴也绝口不提周平桂的事情，让丈夫感到自己和周平桂不再继续交往。而恰恰是在这个时候，张小琴跟周平桂的关系达到疯狂的顶点。

张小琴就这样成了周平桂的情人，她虽然隐隐觉得这样下去有些不妥，但她还是快乐的。因为有一个爱自己的爱人，还有一个自己爱的情人，这毕竟不是谁都能拥有的，而且此时的周平桂已经从部委领导的司机，转任部委的副处长，成为有头有脸的人物了。

没想到几年之后，不知是长期纵欲的结果还是别的什么原因，周平桂出现了肾虚的症状，性功能开始衰退，张小琴和周平桂的疯狂婚外情这才开始慢慢收敛一些。尽管很少在一起过性生活，但他们还是经常幽会，在一起聊天或者搂搂抱抱。

性功能的丧失，如同给周平桂泼了一盆冷水。如果就此收敛，各自回归家庭，回到本来的生活轨迹上，这也许仅仅是一段鲜为人知的婚外恋，甚至对他们两人来说还可能是一段美好情缘的回忆。但周平桂性功能丧失之后，却从感情上对张小琴越来越依赖，甚至呈现出一种变态行为。在这期间，周平桂把张小琴看得越来越紧了，事事都要张小琴打电话向周平桂汇报。周平桂不让张小琴跟别的男人交往，张小琴照办了；张小琴跟同事出去吃饭或者办事，周平桂也要打电话问问是跟谁在一起；甚至张小琴什么时候跟丈夫过性生活，都要一五一十地向周平桂汇报。

刚开始的时候，张小琴觉得周平桂过问自己的私生活是对自己的关心和爱，但随着时间的推移，这种超乎寻常的“关心”已经变成跟踪和盘问，越来越让张小琴感到不舒服，但张小琴一直默默忍受着。

虽然周平桂的纠缠让张小琴感觉像吃了苍蝇一样，但她不得不向周平桂汇报。尽管此前张小琴纵情声色，可那是心甘情愿为了自己情人的付出，却从来没有想到周平桂会赤裸裸地要把自己当作他的玩物。这对心高气傲的张小琴来说，简直就是一种蔑视和侮辱。

随着时间的推移，当初偷情的刺激慢慢消退，张小琴也厌倦了这种情人生活。女儿已经慢慢长大了，她把更多的精力放在女儿身上，她只想跟丈夫和女儿好好过日子。在此期间，张小琴天天接送女儿上下课，周平桂要见张小琴的时候，张小琴也经常以接女儿下课为由推辞。因此周平桂特别不喜欢张小琴的女儿。

到了后来，周平桂干脆提出让张小琴离婚，但张小琴实在舍弃不了自己温馨的家庭，舍不得已经当上领导的丈夫和乖巧的女儿。被周平桂逼急了，张小琴就问："你能够接受我的女儿吗？"

但周平桂每次的回答都是："不能，我只要你！"

张小琴当然不能答应。

有很多次，张小琴下决心不再跟周平桂来往。有一个时期，只要是周平桂的电话，她就毫不犹豫地挂断。为了防止周平桂的骚扰，张小琴还更换了手机号码，一时间，张小琴清净了不少。

然而，就在张小琴暗自庆幸终于甩掉了周平桂的纠缠时，周平桂却在不知不觉中跟踪她。一天晚上，张小琴刚到家门口，一辆轿车在她面前戛然停住，周平桂从车上下来，张小琴很不情愿地问："桂哥，你来这里干吗？"

周平桂却装作非常绅士地说："没什么，想你了，我来看看你，顺便找你们家龙海峰聊聊。"

张小琴的脸色都变了："你到底要干什么？"

周平桂依然装作很绅士的样子说："你玩弄了我的感情，就想抽身甩了我，斩断情缘就那么容易吗？我跟龙海峰谈谈，大不了摊牌，让你们单位的人都知道咱俩的事情。我还要到龙海峰那里去，让他们单位的人也都知道，我给他戴了一顶绿帽子！"

话说到这个份儿上，张小琴终于忍耐不住了，她对周平桂的情爱完全变成了仇恨。可是她转念一想，无论如何也不能在家门口跟周平桂翻脸，周平桂是那种说到做到的人，一旦闹崩了，他是什么事情都能做出来的，如果真的把他们俩的私情暴露出去，自己还有什么脸面活在这个世上。毕竟，自己是堂堂的三级警督，而且丈夫是一位领导干部……

只有稳住他，然后想办法。张小琴换了个委婉的口气说："别在这里闹了，我答应跟你继续交往还不行吗……”

此后，张小琴再也无法摆脱周平桂的纠缠。周平桂抓住张小琴害怕的心态，随时随地都可能出现在张小琴的身边。虽然周平桂因为肾功能问题不能跟张小琴过性生活，但每次见面都要搂搂抱抱，再就是逼迫张小琴离婚。可张小琴怎么可能会跟丈夫离婚呢？

几年之后，张小琴的单位来了一位叫赵胜的年轻警察。赵胜性格比较爽快，有种敢作敢为的仗义，张小琴跟他很谈得来，成了无话不谈的好朋友。有一天，周平桂把张小琴约出来，两个人正在说话，赵胜给张小琴打电话请她吃饭，周平桂一听是个男人的声音，立即刨根问底是谁，当时就跟张小琴吵了起来，让赵胜从电话里听见了。

事后，赵胜问张小琴是怎么回事，一直非常苦闷又没人倾诉的张小琴，一股脑儿把自己和周平桂的事情都说了。

在赵胜面前，张小琴声泪俱下说：“我现在就想跟丈夫和孩子好好过日子，可周平桂把我都快逼疯了，非要逼着我跟丈夫离婚，还扬言要把我们的事情传扬出去，我可怎么办呀？”

年轻气盛的赵胜说：“姐，我去跟他谈谈，让他别纠缠你了。”

张小琴说：“我跟周平桂谈过不知道多少次了，但是周平桂根本不听，你去更没法谈。”

赵胜当时就说：“要是不行，姐，你只要一句话，我收拾丫的。”

张小琴连忙打断了赵胜的话说：“还没到那份儿上，你就别管了。”赵胜也就没再说什么。

张小琴打定主意，再也不能优柔寡断让周平桂牵着鼻子走了，她决定跟周平桂做个了断。她与周平桂约好见面，提出分手，这一次周平桂却出奇地开通：“我理解你，你现在的家庭不错，我也不想拆散你们的家庭，闹出事情来对谁都不好。”

一番话说到张小琴的心坎里了。

最后两个人约定：今后只做好朋友。

张小琴以为，从此就可以高枕无忧了。没想到，一个月后，张小琴突然接到电话，只听周平桂冷冷地说了一句话："我就在你单位二楼……"

张小琴赶忙出门，周平桂说："你以为那是最后一次见面吗？我是在试探你，我等了你整整一个月，你都不露面，整整一个月都不给我打电话，你真的这样绝情吗？既然这样，我们就一不做二不休，我已经把家里的事情都安排好了，我让你的丈夫、孩子都好不了。我已经知道你们领导的电话了，现在我就去你们领导那里把事情都说清楚。"

周平桂一边说着，一边往楼上走，准备去找张小琴的领导。张小琴吓得脸都变绿了，毕竟是在公安局，毕竟自己是单位的财务科科长，要是出了这种绯闻，自己怎么还有脸在单位干下去？丈夫是公安系统的领导干部，妻子出了这种丑闻，情何以堪啊！

张小琴连忙一把拽住周平桂，拉他出了单位。他们到周平桂的车里后，周平桂"啪啪"打了张小琴两个耳光后说："不去找你们领导可以，晚上一起吃饭，谈谈我们的事情。"张小琴连忙以晚上要值班的理由搪塞了周平桂，但周平桂依然不依不饶地说："那就明天晚上，去明月湖度假村，把我们的事情谈清楚。"看着周平桂强硬的口气，张小琴只好答应了。

周平桂走后，张小琴越想越恼火，越想越后怕，一旦周平桂把这件事情捅出去，自己的家庭、名声、事业就都完了，而担任领导职务的丈夫也势必受到牵连。如果忍气吞声，那周平桂的纠缠没有尽头……张小琴陷入无边无际的困惑中。

这种事情绝对不可以跟丈夫说，张小琴想起了赵胜，因为自己跟周平桂的事情只有赵胜知道。张小琴找到赵胜，把刚才的事情一五一十地说了。赵胜说："干脆把周平桂'办'了就省心了！"

张小琴问怎么“办”，赵胜说：“大不了就是一起交通事故，你不用管，也不用出面，一切包在我身上……”

这时候张小琴也起了除掉周平桂的杀心。两个很有经验的警察密谋一番，一个杀人计划很快出笼了……

约好去明月湖度假村的那天，张小琴开着自己的桑塔纳轿车直奔高速路口收费站，赵胜和弟弟也开着一辆捷达轿车来了。他们把车开到路口停下，赵胜把捷达轿车藏好，然后打开张小琴的桑塔纳轿车的前盖，拽断了点火的线路。

张小琴给周平桂打电话说：“桂哥，我在去明月湖度假村的路上，车坏在路上了，打不着火，你赶快来接我吧。”

周平桂爽快地答应了，半个小时之后，周平桂开着一辆本田轿车赶到了现场。这个时候，张小琴他们已经各自占领了有利地形：赵胜手持电棍和铁锤藏在张小琴的轿车的后座上，赵胜的弟弟手拿铁棍藏在路边的大树后面。张小琴就站在路边等着周平桂。

周平桂一来，检查了一下发动机，就坐在桑塔纳轿车的驾驶座上试着打火。刚打了两下，脖子就被赵胜从后面勒住，身上先挨了一电棍，接着头上被赵胜重重地砸了一铁锤。周平桂极力往外跑，没想到张小琴死死推住车门，不让周平桂出来。赵胜的弟弟也从大树后面提着铁棍赶来，三个人很快把周平桂打昏过去。

看看周平桂昏死过去，三人驾车将周平桂拉到一条悄无人烟的路上。看看路上没人，赵胜把周平桂开来的本田车停在马路边上，从本田车的后备厢找了钣子等修车工具，然后扎破了本田车的后轮轮胎，把周平桂拖出来，放在后轮轮胎的边上。制造好现场之后，赵胜和张小琴开着张小琴的车在前，赵胜的弟弟开着捷达车在后，朝着周平桂猛地碾压过去……

之后，躺在地上的周平桂头部迸裂、肋骨骨折……赵胜和张小琴原以为他们制造的交通肇事逃逸现场天衣无缝，但警方很快发现了其中的蛛丝马迹。

几天之后，张小琴坐在自己的办公室处理公务时，跟她一样穿着警服的公安人员出现在她的面前。起初张小琴还以为是同事来找她办事的，她习惯地微笑着问来人："有事情需要我帮忙吗？"

说完这句话的时候，张小琴看到来人眼里冷峻、威严的目光。她略微迟疑了一下，便平静地把手伸了过去，一副冰凉的手铐锁住了她的美丽人生……

第八篇

雇凶夺夫竟被杀

一对比翼双飞的夫妻，丈夫功成名就后，却招来一个“红颜知己”，并以成功男人必备“二奶”为由，拒不与情人分手。两个女人在为争夺一个男人的拉锯战役之中伤痕累累，不堪受辱的妻子最终被丈夫的“二奶”的骚扰电话激怒了，为了将丈夫的情人赶出视线之外，竟然起了雇凶杀人的念头！

出资10万元的这位婚姻受害者没有想到的是，最终倒在杀手刀下的，竟然是她自己！放纵仇恨的原配，最终倒在了一片爱欲情仇之中……

杀害雇主的杀手李西川被执行了枪决。一场原配妻子出资10万元雇用杀手杀害“二奶”，而杀手却将原配杀害并埋尸毁迹的奇特案件终于真相大白。

李旖旎几乎同时拥有天生丽质和冰雪聪明这两种资本，是一个温婉可人而且精明干练的女人。她还拥有一个幸福的家庭，英俊潇洒的丈夫韩向峰是一个县城的副县长，自己则是一家药业有限公司的董事长，他们还有一个承袭了夫妻两人共同优点的15岁的女儿。

李旖旎是一个不甘平淡的女人，在改革开放风起云涌的时候，她毅然辞去一家国营药厂工程师的职务，跳槽到一家药业公司工作。经过几年商海沉浮，她挥师北上回到老家，当上了晋海药业有限公司的董事长，她的公司资产上亿元，成为当地商界的一颗明星。

但是随着商海搏击的劳累，夫妻之间渐渐少了年轻时候的激情。李旖旎想做商界女强人，性格上不免变得更强悍傲慢，什么事情都是说一不二，因此，在身为副县长的韩向峰眼里，她渐渐失去了以前的妩媚，两人之间除了工作似乎没有什么可说的。韩向峰有次对旁人笑言：“自己的家其实就是一个下了班的办公室。”

就在这个时候，两人经过多年打拼经营起来的富豪之家，却被一个官场女人的突然进入打破了往昔的平静。韩向峰仕途上有了起色，被任命为晋海市副市长，在一次接待聚会中认识了当地有名的才女梁亚虹。

丰韵逼人的梁亚虹是晋海市一位局长的妻子，因为丈夫忙于政务忽视了她的多愁善感。那天，梁亚虹立即被韩向峰的绅士派头所折服。而在韩向峰眼里，陌生的梁亚虹比李旖旎更漂亮，有着一种真正的女人味，两人含情脉脉地交换了电话。

不久之后，得知韩向峰是摄影高手的梁亚虹，邀请韩向峰去自己家帮她拍摄一些有特色的照片。韩向峰高兴地带上了高档相机，来到梁亚虹的豪宅里。

进门之后韩向峰才知道，原来梁亚虹的丈夫去外地开会了，家里只剩下梁亚虹一个人。只见，梁亚虹身穿一袭长裙，正用落寞又极其诱惑的眼神看着韩向峰。韩向峰正在调试镜头，却看见聚光灯下梁亚虹已经一丝不挂地站在那里了。韩向峰用颤抖的手按了几下快门，就撇下相机，扑上去抱住了梁亚虹，两人疯狂地缠在了一起……

梁亚虹让韩向峰产生了久违的激情，两人天天都要见面。有一次，到外地出差的李旖旎提前回晋海，无意中看见韩向峰与梁亚虹走进自家的一处楼盘。李旖旎追进来时，丈夫已经与梁亚虹走进了电梯。

李旖旎坐在大堂里面，气得浑身颤抖。在这之前，她已经听了一些风言风语，可是没有想到今天却亲眼看见了丈夫的私情。她想冲上楼，可是她知道，如果她上去捉奸，好面子的韩向峰将会无地自容……

就这样，李旖旎一直坐在那里，冷汗不住地冒出来。

三个小时以后，韩向峰与梁亚虹下楼。韩向峰一眼看见了大堂里的李旖旎，他的脸顿时变得惨白，连忙让梁亚虹快步离开，然后上前扶起李旖旎，他看见了李旖旎那一脸的冷汗与热泪。韩向峰扶起摇摇欲坠的妻子，连声说对不起，李旖旎甩开丈夫的手，踉踉跄跄地跑开了。

梁亚虹的出现，让韩向峰产生了一见如故的亲切和激情，梁亚虹义无反顾地离开当局长的丈夫，心甘情愿地充当了韩向峰的情妇。

自己深爱着的丈夫竟然在外面有情人，李旖旎伤心欲绝，这是自尊的她绝对不能接受的。李旖旎毅然向韩向峰提出离婚。

而韩向峰却认为，家是家，老婆是老婆，情妇是情妇。自己有情妇并不等于就不爱原配妻子，他既舍不得李旖旎，又放不下梁亚虹。只是李旖旎和梁亚虹对他而言，一个是白玫瑰，一个是红玫瑰，两个他都不想丢。所以在李旖旎提出离婚时，他坚决反对。李旖旎问韩向峰："以后能不能与梁亚虹断绝来往？"韩向峰无言以对，李旖旎掉头而去。

拿到离婚协议书，韩向峰又懊悔不已，他感到：李旖旎把全部的爱都倾注在自己身上，为了保全自己的名誉甚至不惜忍受屈辱，这样的好妻子哪里去找？他想到梁亚虹真的只适合做情人而不是做妻子。离婚的时候，性格刚烈而且有些偏激的李旖旎甚至连财产的分割和其他离婚时应该考虑的相关问题都没顾及。

尽管两人已经离婚，韩向峰还是带着李旖旎和女儿去了另一个城市过春节。在那段日子里，经过韩向峰的劝说，加上十多岁的可爱女儿哀哀地乞求母亲原谅父亲，李旖旎的心又软了。在那里，韩向峰为李旖旎买了一枚钻戒，再次申明，只有与李旖旎的爱情才是真爱，他将与梁亚虹一刀两断。春节之后，韩向峰与李旖旎又复婚了。

韩向峰的确有一段时间没有见梁亚虹，她来电话也狠心不接。一天，韩向峰整理自己的文件柜，看见了以前自己拍的梁亚虹的写真照片，那充满激情的一幕幕又涌上了心间，他觉得心被生生扯痛了，这个多情的男人又拨通了情人的手机。

梁亚虹的声音是那么的虚弱，她告诉韩向峰自己发烧了，两天滴水未进。韩向峰慌了，马上决定去看梁亚虹。梁亚虹在电话那边苦笑了一声，说不用了，自己已经与丈夫分居，搬出了那个豪华的宅子，现在住在一个普通的公寓里面。

韩向峰连忙开车赶到情人的新住处，只见梁亚虹在潮湿的褥子上面，脸上还有伤痕。韩向峰痛苦地抱着情人哭了，说都怪自己没有照顾好她，并问梁亚虹跟丈夫分居是不是因为她的丈夫已经知道了韩向峰与她的私情。

梁亚虹哭着告诉韩向峰，丈夫并不知道。只是自己自从爱上韩向峰之后，再也没有办法与丈夫相处下去，为了离开丈夫，她不知道被丈夫打了多少次，而她离开丈夫一个人孤立无援的时候，韩向峰却连她的电话也不接……

梁亚虹居然为了自己放弃当局长的丈夫与舒适的生活，韩向峰把这份感情当作了真爱。他在最快的时间里为梁亚虹买了一套住宅，并配备好了家电家具。在他们的新房子里面，梁亚虹搂着韩向峰，说自己心甘情愿地当韩向峰的情妇，请韩向峰不要担心别的。

每每走出与梁亚虹的爱巢，韩向峰就觉得他是人世间最快乐的人，他对梁亚虹和李旖旎都有着深深的爱意。他相信，梁亚虹又不想当大老婆，李旖旎的工作可以以后慢慢地做。

韩向峰这边是风流快乐，可是李旖旎却又陷入了苦恼的深渊。复婚时，李旖旎与韩向峰曾约法三章，提出韩向峰必须晚上 9 点钟以前回家等要求，韩向峰一一答应。可是现在，韩向峰很快又以工作忙为由，开始夜不归宿了。

虽然已经破镜重圆，但梁亚虹的阴影始终在李旖旎的心底挥之不去。复婚之后，李旖旎开始注意检查韩向峰的手机通话记录，就这样李旖旎还是不放心，经常对韩向峰搞突然袭击，看他是否与梁亚虹还在一起。

李旖旎有个外号叫“007”，她自己还亲手破过一个案子。

有一次，李旖旎打黑车时丢了五万元钱。后来李旖旎专门学习了一些侦察手段，经过一个星期的蹲守，居然将贪心的出租车司机找到了，顺藤摸瓜又把这笔钱找了回来，这件事情还上了当地的报纸，引起轰动。

韩向峰曾经有次单独去外地出差，李旖旎知道以后，假意要到另一个城市开会。她到达后，用当地的电话询问韩向峰下榻的饭店和房间号，并劝韩向峰好好玩。而此时，李旖旎却立刻乘飞机到韩向峰出差的城市，花高价住进韩向峰所在宾馆的对面房间，待风流的韩向峰和“三陪女”刚进房间，李旖旎破门而入，把丈夫抓个“现形”。

现在，她把当初学习的一些侦察手段用在了丈夫身上，甚至暗地里花钱买通了韩向峰身边的工作人员，向她提供韩向峰的情况，随时掌握丈夫的动向。

不久，李旖旎在丈夫的手机上发现了一个非常频繁的可疑号码，她试探着打了过去，果然是梁亚虹的，她们狠狠地在电话里吵了一通。回家后，李旖旎又与丈夫激烈地吵了一架。这次韩向峰仿佛很有道理一样地说：“成功的男人有一个‘二奶’怎么不行了，梁亚虹有知识、有教养，又心甘情愿位屈你之下，你还不知足，非要把别人赶尽杀绝！”

丈夫居然公开宣布自己的“二奶宣言”，李旖旎气愤得说不出话来，眼泪如断线的珠子般落下。

从此之后，李旖旎与韩向峰因为梁亚虹的事情常常吵架。李旖旎想再次离婚，但现在离婚，等于正好成全了丈夫与梁亚虹，她又不甘心。为了孩子以及家庭的完整，李旖旎只好忍气吞声。李旖旎觉得，自己现在这个样子，完全是梁亚虹这个女人造成的，因此她从心底里恨上了梁亚虹。

丈夫的婚外情严重地影响着李旖旎的生活。无奈之下，李旖旎离开晋海这个伤心之地到京北发展。因为药业公司在京北有一个办事处，她在京北主要负责收款、发货，处理公司业务。

李旖旎当然知道，自己离开晋海后，韩向峰就会跟梁亚虹在一起，但是她只能离开，再听见丈夫与那个女人的绯闻，她会疯的。在京北的日子里，李旖旎不忘控制韩向峰的财政大权，她每月回晋海一次，处理公司的财务。但李旖旎每次从晋海回来，都会伤心好久，都要把自己关在办公室里面哭一个下午。为了逃离晋海，李旖旎和丈夫商议在京北购买了房产，打算下一步把公司迁到京北，隔断韩向峰与梁亚虹的联系。

李旖旎是一个特别在意自己东西的人，绝不允许别人碰自己的东西，何况是自己的丈夫。她开始琢磨着怎样整治一下丈夫和梁亚虹。她开始四处找打手，与黑道上的人很快有了交道。

一天，韩向峰到京北出差，正走在路上，有两个男人过来，突然一拳打在韩向峰的左眼上，韩向峰当时什么都没有看见就倒在地上了。

韩向峰虽然莫名其妙地被人打伤，他首先怀疑的是梁亚虹的丈夫，并没有怀疑到李旖旎的头上。在医院里，李旖旎看见丈夫狼狈的样子，恨恨地说:“只要你跟那小贱人继续折腾下去，倒霉的日子还在后面呢。”李旖旎再次劝丈夫与梁亚虹分手，可是韩向峰一言不发。李旖旎恨恨地看了丈夫一眼，掉头走了。

李旖旎每次回晋海都来去匆匆，跟丈夫也没有更多的话说。就这样，她已经有半年多没有跟丈夫亲热了。恰恰在这个时候，梁亚虹突然给李旖旎打来电话，嘲笑着说：“我跟韩向峰一晚上做三次，你知道吗，每次我们的时间都在一个小时以上。他说他以前以为自己不行，其实是跟你根本不行啊！”

李旖旎咬牙切齿地吼叫着说：“梁亚虹，你等着，有你好看的！”

就在这一刻，李旖旎起了杀心，她决意要除掉梁亚虹这个坏女人。

李旖旎产生了找人报复梁亚虹的想法后，向一个当警察的朋友咨询，但她的警察朋友告诫她不要做傻事，可这时候李旖旎早已经听不进任何劝诫了。

其实，梁亚虹也恨着李旖旎，她忍辱负重，做了两年的“二奶”，其实是很想让韩向峰与李旖旎离婚以后再娶自己，可是韩向峰却很顽固，他说自己已经够对不起李旖旎了，他要梁亚虹不要妄想。梁亚虹无计可施，想到了李旖旎的自尊与傲气，她想通过刺激李旖旎来让她主动提出离婚。

此后，梁亚虹常常打来骚扰电话，她在李旖旎挂断之前总是怪腔怪调地说：“姐姐啊，你肯定羡慕吧，昨天我与你老公又玩了一个新的姿势，你想都不敢想……”

梁亚虹为了逼迫李旖旎和韩向峰离婚已经快变态了，但是她没有想到，这边李旖旎把指甲快嵌到肉里了，她在喃喃地说：“不杀了你，我就不是人！”

要杀梁亚虹的想法一直萦绕在李旖旎的脑海里，在一次朋友聚会上，她认识了李西川。李西川是京北一家经贸公司的老总，在晋海也有公司，跟李旖旎算半个老乡。当李西川得知眼前这位丰姿绰约的美女竟然是晋海药业公司的董事长时，李西川喜不自禁。他在李旖旎面前口若悬河，妙语连珠，言语中表现出其路子很广，黑道、白道都吃得开。在李旖旎眼里，这个李西川颇具侠肝义胆，加上两个人年龄相仿，互相有很多投机的话。饭后，两个人互相留了电话。

之后不久，李西川频频约李旖旎一起共进晚餐。他们每次在一起，李西川都会情不自禁地表现出对李旖旎的仰慕。很多年来，大多数人都把李旖旎当作商界女杰，而忽视了她的美丽，李西川的恭维和殷勤，让李旖旎觉得李西川不但豪爽，而且善解人意。

在两人相熟之后，李旖旎请李西川帮自己朋友的孩子上贵族学校，李西川拍着胸脯表示全部包在他的身上，这更让李旖旎觉得李西川是个可以信赖的朋友。

李旖旎和李西川很快成为无话不谈的朋友，李旖旎把李西川当作自己的知己，慢慢地向李西川敞开了心扉，他们逐渐聊起了各自的家庭。在聊天中，李旖旎忍不住聊起自己与丈夫之间的事情。有一次李旖旎问李西川："你们男人在外面成功了，是不是经常在外面搞女人、包'二奶'？"

李西川说："你不要太在意，这种事多了去了，很普遍。"

一听这话，李旖旎更伤心了："以前我还不在意，可是我老公太让我生气了，我老公在外面有一个女人，他给那个女人买车、买房，我都知道了。"

李西川劝说李旖旎："你想开些，你掌握着公司的财权，不行就跟他离婚，像你这样美丽的女人，有很多人争先恐后地排队等你挑选呢。你要离婚，我马上离婚娶你。"说完，李西川意味深长地凝视着李旖旎。

李旖旎说："现在还没到那个份儿上，为了孩子，我还不想跟丈夫离婚，可恨的就是那个骚女人，现在搞得家不像家，公司不像公司。我的男人包'二奶'，那个贱人还天天打电话来侮辱我！我恨死那个坏女人了，恨不得找几个人杀了她！"

听李旖旎这样说，为了博得李旖旎的欢心，酒后已有几分醉意的李西川又拍起了胸脯："这件事情包在我身上，我手头上有一帮小兄弟，都是职业杀手，专门干这个的，绝对没问题。"

李旖旎原本只是口头上说说气话而已，但在李西川满口答应下来之后，她也觉得，即使不杀梁亚虹，找人收拾一下这个坏女人也能让她收敛一些。这样一想，李旖旎也就坦然了。

李旖旎只是把李西川的仗义当作朋友之间的两肋插刀，但她绝没有想到，李西川自从见到李旖旎，就觊觎她的钱财，对她的美貌更是垂涎三尺。

过了几天，李西川果然打电话叫来他的表弟张宇华，张宇华带着一个帮手孙长海立即赶到了京北。张宇华身材粗壮，显得彪悍凶狠，很像电影中职业杀手的样子，这很让李旖旎满意。

李西川把他们领到一家酒吧，李旖旎当即拿出5000元给他们做前期费用。几天之后，李西川和李旖旎开车带着张宇华和孙长海专程到晋海，指认了韩向峰和情妇梁亚虹。

之后，他们四人返回京北。李旖旎把一个信封和一张手机卡轻轻推到李西川面前说："这三万元是定金，事成之后会有更丰厚的报酬！"李旖旎的要求是狠狠地打梁亚虹一顿，打死最好。

李西川他们信誓旦旦地表示，一定会把事情办好。随后，李西川带着杀手去了晋海。不久，李旖旎又先后给了李西川七万元活动资金。李旖旎坐镇京北指挥，李西川告诉李旖旎，张宇华和孙长海一直在晋海跟踪韩向峰和梁亚虹，但梁亚虹家门口紧挨着派出所，张宇华他们一直没有找到机会下手。

李旖旎是个急性子的人，过了一段时间，她见十万元拿出去了，却一点动静都没有，就催促李西川在晋海那边赶紧动手。但李西川说，还要再等等，找准机会再下手不迟。其实，这两个所谓的杀手一直在李西川的公司里为李西川做事，根本没对梁亚虹下手。

李旖旎多次到晋海催促李西川赶紧动手，但李西川每次都找了很多理由搪塞。李旖旎着急地说："不办也可以，让他们俩把钱退给我。"李西川说："这好办，你的事情就是我的事情，但不知道事成之后你拿什么感谢我？"边说边用意味深长的眼神看着李旖旎，但李旖旎心里只想着催促他们赶紧动手，根本没有理会李西川。

就这样，修理梁亚虹的事情一直拖了下来。李西川多次提出想跟李旖旎一起到外地去旅游，说是好好陪李旖旎散散心。为了让李西川更好地为自己卖力，李旖旎邀请李西川去外地旅游，或许李旖旎已经有了某种预感，她有意带着自己的女儿并让李西川也带着自己的孩子一起去。无奈之下，李西川只好带着孩子跟李旖旎去玩了一个多星期，李旖旎给李西川买了来回的机票，办理了往返的手续。在那里的一周里，她一直没有给李西川任何机会。

李西川这才知道，李旖旎的心一直在自己的丈夫身上，根本没把自己当回事儿。不能得到李旖旎，他对修理梁亚虹的事情更是心不在焉了。

旅游回来之后，李旖旎再次赶到晋海，见张宇华和孙长海除了拿钱花天酒地挥霍之外，并没有按照约定跟踪丈夫的情妇，李旖旎一气之下回到了京北。在李旖旎的催促下，李西川和张宇华、孙长海从晋海回到了京北，共同给李旖旎一个说法。

李西川心虚，没有赴约。等得心急火燎的李旖旎开着自己的宝马轿车驱车赶到李西川家楼下，把李西川叫了出来。当着李旖旎的面，李西川只好给表弟张宇华和孙长海打电话，恰巧他们正在附近一带玩，李旖旎就拉着李西川去接张宇华他们。

在路上，李旖旎一边开车一边埋怨李西川："老李，你这人真没劲，作为朋友你也太不够意思了，是你信誓旦旦地说帮我出气，现在定金我也付了，却一点动静也没有。我都花了十几万元了！"

李西川跟李旖旎耍赖皮说："你找他们去，别找我。你把钱都给了他们，又没给我。"

李旖旎和李西川争吵着来到附近的一个娱乐场所，找到了张宇华和孙长海。一见面，李旖旎就质问张宇华和孙长海："我给你们钱是让你们跑到这个地方来找女人的吗？你们要是不办事就赶紧还我钱。"

张宇华和孙长海早就把李旖旎给的钱挥霍殆尽，当然拿不出钱来。

而他们也根本不是什么职业杀手，只不过是来京北混饭吃的无业游民。张宇华耍赖说："现在没钱，你爱咋办就咋办。"李旖旎一听就和张宇华争吵了起来。李旖旎的意思非常明确，要么马上下手，立即去收拾梁亚虹，要么立即还钱。

争吵中，李西川他们表示坚决不还钱。李旖旎威胁他们说："告诉你们，我李旖旎白道、黑道的朋友有的是，如果你们不还钱，我马上让黑道的朋友'做'了你们，你们知道，我向来是说话算数的。"

李西川他们一听，想到李旖旎既然敢拿十几万元找人收拾梁亚虹，何况对他们。想到这里，他们害怕了，与其还不上钱被李旖旎找人追杀，不如先下手为强把她干掉。

在争吵的过程中，李西川坐在副驾驶的位子上，张宇华和孙长海坐到后座上，李西川对自己的两个小弟使了一个眼色，张宇华与孙长海心领神会，还没等李旖旎反应过来，张宇华从后面一把掐住李旖旎的脖子，孙长海则按住挣扎的李旖旎，李西川拿着随身携带的尖刀猛刺李旖旎的胸口。李旖旎痛苦地喊了一声，疯狂的李西川还是猛刺不止，鲜血从李旖旎的胸口涌了出来。没过几分钟，李旖旎就一点声音也没有了。

扎死李旖旎后，张宇华慌慌张张地把李旖旎拉到后座，三个人面面相觑，都不知道怎么办才好。最后三个人商议赶紧连车带人抛尸灭迹。他们来到郊区一条小路边的树林里，张宇华和孙长海把李旖旎的尸体拉出来，挖坑埋掉了。

埋完李旖旎已经是晚上 11 点多了。做贼心虚的三个歹徒，知道自己闯下了天大的祸，他们开着李旖旎的车，连夜逃跑了。

他们一路逃窜，一路商议对策，最后决定找个荒无人烟的地方烧掉李旖旎的轿车。第二天一早，他们给车加油后，又多买了一桶汽油，驱车赶到某市。晚上 10 点多，他们找到一片庄稼地。看看路上已经没有了过往的车辆和路人，他们将车牌摘了下来，埋进沟渠的泥里，然后将车撞向路边的一根电线杆，车辆损坏后，又把汽油倒在车上，引燃了轿车，制造了车祸后起火的假象。

看着黑夜旷野里燃起的熊熊烈焰，三个人沿着庄稼地跑了很远，才打了一辆出租车回到市区。当晚，他们坐火车回到了晋海市，后又辗转逃往外地。

被蒙在鼓里的丈夫韩向峰发现妻子李旖旎失踪后，立即向警方报案。警方通过走访，最后确定李西川有作案嫌疑，在晋海将其抓获归案。根据李西川的指认，警方在郊区的树林里找到了李旖旎的尸骨，之后警方又顺藤摸瓜抓到了孙长海。韩向峰赶到京北，在有关单位看到妻子的尸骸，放声悲哭："你怎么这么傻啊，我在心底其实还是最爱你的，怪我啊，都怪我……"

第九篇

雇亲杀妻爱恨仇

血腥一幕出现在国家某总局家属楼里：总局老干处支部书记高志敬的妻子冯玉芳和妻弟冯劲松被杀死在家中，鲜血流满了客厅和洗手间。有邻居反映，就在这两具尸体被发现之前，他们看到两个骑摩托车、戴白手套的陌生男子飞驰而去。

这两名男子立即被锁定为犯罪嫌疑人，经过警方艰苦侦破，杀人嫌犯刘小明和王玉良被抓获了。令人吃惊的是，刘小明竟然是被害人的亲堂弟。刘小明的供述更令人匪夷所思：他杀人是受雇于被害人冯玉芳的丈夫高志敬，而高志敬之所以雇凶杀妻，是因为他与刘小明三姐刘凤侠的婚外情被冯玉芳发现。而高志敬等人之所以抱成一团合谋杀人，是因为他们经常受到冯玉芳的打骂和欺凌，他们自认为是弱势群体。对于杀死自己的亲人，高志敬和刘小明的话竟然惊人地相似："不在沉默中爆发，就在沉默中灭亡。"

而血案背后的真相，却掺杂着几个亲人之间的爱恨情仇……

冯玉芳出生在京北一个工人家庭。18 岁时，她在父亲的张罗下成为一家军工被服厂的职工。尽管冯玉芳只是一名普通工人，但因为天生丽质又冰雪聪明，她的心气极高，对于厂里职工给她介绍的对象一概回绝。她希望找个军官或者机关干部托付终身，更为重要的是，冯玉芳知道自己性格刚强直率，希望找个能够容忍自己性格的好脾气丈夫。厂里的工人大哥显然都不符合这个条件。

经朋友介绍，冯玉芳认识了刚从部队转业，被安排在国家某总局工作的小伙子高志敬。高志敬也是京北人，与冯玉芳同岁，形象不错，性格也内向稳重，尤其人品很好。这些条件正好符合冯玉芳的要求，而高志敬也喜欢冯玉芳的爽快利索。

冯玉芳和高志敬喜结良缘。两年之后，他们生下了一个可爱的儿子。在婚后漫长的岁月里，冯玉芳一心一意地照顾着家庭、培养着孩子。而高志敬在家里几乎是个甩手掌柜，凡事都不用操心，在单位和家里都是出名的老好人。慢慢地，性格刚硬的冯玉芳逐渐成为这个家里说一不二的“一把手”，不但掌握着话语权，还掌握着财政大权和一切家庭事务的决策权。高志敬也从不和妻子“争权”，一切听从她的安排。熟悉他们的人都说：这一对夫妻真是珠联璧合得让人羡慕。

然而，随着年龄的增长和各种家务事的增多，冯玉芳的个性开始变得越来越强悍。特别是她发现丈夫在事业上没有大发展后，这种强悍越来越有恃无恐。在 40 岁之前，冯玉芳一心指望高志敬在单位好好表现，将来混个厅级干部当当，全家也就可以跟着他过上好日子。谁料，丈夫在总局机关只是一个再普通不过的小干部，而且还在老干处工作，直到 45 岁才混上个副处级，每天干的工作不是去医院看望生病的老干部，就是到八宝山为去世的老干部们张罗追悼会。虽然最后他当上了老干处党支部的书记，但这也只是虚职，还增加了通知开会、收党费等事务性的工作。不仅如此，高志敬为人非常厚道，老干部们谁家有急事都找他，他总是有求必应，绝不含糊，而自己家里的事他从不操心。在冯玉芳眼里，丈夫不仅自己活得窝囊，还对这个家庭一点贡献也没有。

多年的怨气积聚下来，再加上天生暴烈的脾气，冯玉芳每天有事没事都要吼丈夫几句，后来发展到高志敬说话声音大一点，都要招来妻子的骂声甚至一顿痛打。性格懦弱的高志敬忍受着这种屈辱，不敢告诉自己的亲友和同事，毕竟这是不可外扬的家丑啊！他只能自我安慰：妻子独自支撑这个家不容易，发点脾气是应该的。至于发展到打自己，那可能是妻子更年期提前来临。他总以为时间会解决一切，妻子的脾气会慢慢好起来的。然而，高志敬过分的忍让使得冯玉芳更加固执任性。冯玉芳在高志敬眼里渐渐失去了以前的神采和女人味，以至于高志敬见了妻子后脊梁都会发冷。外人无法想象，这个家庭的温馨，其实是以高志敬的忍气吞声甚至是挨打受骂换来的。

提前退休的冯玉芳不甘于平淡生活，她拿出自己所有的积蓄，又借了一些钱开了一家餐厅和一家日用品商店。因为人手不够，冯玉芳就请来自己的堂弟刘小明、堂妹刘凤侠来帮忙。因为他们的到来，原本就压抑不堪的屋檐下开始暗流奔涌……

冯玉芳的父亲和刘小明、刘凤侠的爸爸是亲兄弟，刘小明的爸爸在8岁时过继到舅舅家，之后随舅舅改姓刘，所以冯玉芳是刘小明血缘最近的堂姐。作为堂姐当然要关照在农村的小堂弟，所以冯玉芳就把当时只有27岁的刘小明叫到京北来，在自己的饭店工作。

而对于自己的堂妹刘凤侠，冯玉芳更是给予更多的关照。因为刘凤侠老家在农村，长大后来京北投奔冯玉芳，冯玉芳帮助刘凤侠找了一份工作，后来，又托人给她介绍了一个京北丈夫。尽管刘凤侠的丈夫受过工伤，但一个农村人能够嫁到京北来，她已经很知足了。所以刘凤侠一直对冯玉芳这个热心的堂姐充满感激，加上堂姐答应给她比别人更高的工资，所以刘凤侠也爽快地来到冯玉芳的饭店打工。

一帮感恩戴德的亲戚们绝没想到，来到冯玉芳的饭店打工，还要忍受她无来由的坏脾气和打骂。冯玉芳是个热心人，但长年养成的颐指气使的习惯，致使她很少从别人的角度想问题。在她看来，给堂弟、堂妹一份工作，已经是很对得起他们了；再加上彼此是至亲，多说几句相信他们也能体谅。所以她在店里对刘小明和刘凤侠反倒没有对其他员工那么客气，有时甚至开口就骂、举手就打。首先受到冯玉芳打骂的是堂弟刘小明，刘小明虽然一直在农村长大，但因为是儿子，所以在家也过的是养尊处优的生活，他来京北本意是想在大城市见见世面，赚些大钱。刘小明来到冯玉芳的饭店后，冯玉芳确实很相信他，把每天买菜的差使交给了他。可干这个活儿，每天天不亮就要起床，骑车赶往几十公里以外的批发市场。天气好的时候还罢了，一旦刮风下雨，在暖和的被窝里哪里起得了床。由于睡过了头，刘小明经常耽误厨房里的准备时间，让食客怨声载道。冯玉芳是个很仔细的人，买菜的一分一厘，她都要求刘小明严格记账。可大大咧咧的刘小明却经常说不出菜钱的去向。每逢这时，火暴脾气的冯玉芳总忍不住跳起脚来，把刘小明骂得狗血淋头。后来，她干脆取消了刘小明买菜的资格，让他在厨房做小工，择菜洗碗，端盘子扫地。

冬日的一天，刘小明又往大厅送菜。他是个没有受过严格培训的人，在送一盆汤时，一不小心，留着又长又脏指甲的大拇指就伸到了汤里。这一幕刚好被那桌客人看到，他们当即拒收，还找到冯玉芳理论。冯玉芳只好给客人赔笑脸，打折了事。客人走后，冯玉芳怒气冲冲地来到厨房，找到刘小明就是一顿大骂，刘小明刚回一句嘴，正在气头上的她居然将那盆汤连汤带碗砸到了刘小明身上，接着就对他连踢带打。刘小明气愤不已，当即就提出要回老家，还是同在饭店打工的姐姐刘凤侠劝住了他。此后，他虽然还在饭店干，却对冯玉芳这个堂姐积蓄了满腹的怨气。

冯玉芳虽然是个脾气火暴的人，但对比她小两岁的唯一的弟弟冯劲松却是百依百顺，关爱有加。冯劲松原是一家工厂的工人，下岗后就一直在社会上混，还在外面包养了个情人，情人给他生了个儿子，已经十多岁了。冯劲松和姐姐一样，是个蛮横的人。妻子虽对他在外面包养情人有气，但慑于他的淫威，也只好忍气吞声地帮他养着这个私生子。这一切，冯玉芳都知情，却始终站在弟弟一边，还经常资助他。

一天，冯劲松带着情人和情人的妹妹来冯玉芳的饭馆吃饭。冯劲松从来没有正眼瞧过乡下的堂弟刘小明，而刘小明也很讨厌这个风流胡来的堂哥，所以他总是找冯劲松情人的妹妹，跟她说一些露骨的荤笑话。情人的妹妹很不高兴，就告诉冯劲松说刘小明调戏她。冯劲松一听，怒不可遏，立马把刘小明臭骂了一顿。两人当即在饭店大打出手，冯劲松受了点轻伤。这下，冯玉芳不依了，立即赶刘小明回老家。刘小明要讨要半年的工钱，正在气头上的冯玉芳当然不给，堂姐弟正式翻了脸。事后，刘小明找到姐夫高志敬诉苦，高志敬也无计可施，偷偷拿了些钱给刘小明。从此，刘小明和冯玉芳他们断绝了来往，倒是跟高志敬走得越来越近。

而来到冯玉芳店里打工的刘凤侠，命运也没好到哪里去。刘凤侠的丈夫因负工伤，一条腿不好使。她自从嫁到京北后，便一直在外打工，生活过得很是困顿。冯玉芳让刘凤侠到自己饭店打工，本来也是出于好意，还给她开出了高于其他人的工钱。但是，正因为这样，自恃对堂妹有恩的冯玉芳更是毫无顾忌地对她颐指气使。有时候明明不是刘凤侠的错，她照样对刘凤侠骂骂咧咧，让刘凤侠受了不少委屈。刘凤侠是个性温顺，甚至有些懦弱的女人。每当这时，她都不敢争辩，而是偷偷地躲在一边掉眼泪。

那时，高志敬在下班后都会到店里帮忙。他经常看到刘凤侠躲在厨房里偷偷地流泪，她不敢哭出声，只是肩头一阵阵抽搐，让高志敬很是怜惜。但他又不敢说妻子什么，只好私底下千方百计地帮助这个可怜的堂妹。有时候刘凤侠不小心犯了错，他也会揽到自己身上来，替她开脱。

刘凤侠只有30岁出头，比冯玉芳小十多岁。在高志敬眼里，刘凤侠比冯玉芳凭增几分我见犹怜的女人味，更重要的是，面对冯玉芳的强势，他们无形间都成了弱势群体。而在刘凤侠眼里，姐夫高志敬宽厚仁和，处处帮助自己，她从心底里感激这位好心的姐夫。

一天，刘凤侠在厨房洗碗时不小心打破了几个盘子，前厅的冯玉芳听到响动，立即气势汹汹地冲到厨房，连声抱怨起来。刘凤侠吓得浑身颤抖，低声说："芳姐，是我不好，我赔！"冯玉芳却扯着嗓门儿大喊："你赔？你的钱还不是赚我的，像你这样，我再有钱也要被你们败光的！几十岁的人了，连个碗也洗不好，如果不是我好心收留你，我看你连饭也吃不上，真是蠢材！"这话太伤害人了，刘凤侠当即把围裙一解，哭着回家不干了。

眼看冯玉芳赶走了堂弟，现在又骂走了堂妹，高志敬觉得妻子的做法实在不妥，就劝了冯玉芳几句。没想到被正在气头上的冯玉芳臭骂一顿，两人正在争执时，冯劲松正巧进门，他毫不犹豫地站在了姐姐这一边，在劝架时打了高志敬一拳，高志敬的眼眶顿时被打青了。

这下，高志敬也气愤地离家出走了。可他无处可去也没脸见人，只好打电话约出刘凤侠诉说委屈。两人在一家茶馆碰面后，当刘凤侠听说高志敬是因为替自己说话而遭到打骂，她满腔内疚，情不自禁地伸手去抚摸高志敬青紫的眼眶。高志敬一把抓住她的手，两个人禁不住抱头痛哭起来。当天晚上，高志敬破天荒地没有回家，跟刘凤侠在宾馆开房同居了，他们搂在一起，诉不尽对冯玉芳的满腹抱怨。

就这样，强势的冯玉芳多年苦心经营起来的小家，开始摇摇欲坠了。此后，刘凤侠再没有进过堂姐的饭店，而高志敬只要在家里受了委屈，扭头就去找小姨妹诉说。因为只有在刘凤侠那里，他才能体会到一种从未有过的柔情，他数次搂着刘凤侠感慨万分地说："凤侠，认识你我才知道什么是幸福，过去二十年我都白活了。"

很快，冯玉芳就听到了丈夫和堂妹的风言风语，这是一向强硬自尊的她绝对不能接受的。她找到高志敬就是一顿连踢带打，逼着高志敬承认错误，立马断绝跟刘凤侠的一切联系，可没想到，高志敬居然"鬼迷心窍"，怎么也不肯跟刘凤侠分手，即使被冯玉芳打得遍体鳞伤也毫不示弱。

无奈之下，冯玉芳又冲到刘凤侠家里大闹，可没想到一向视她为猛虎的刘凤侠也倔强地不肯回头。为了这份婚外情，刘凤侠竟义无反顾地离开了家，在郊区租房居住，靠给饭馆打工度日，心甘情愿地充当了堂姐夫高志敬的情妇。

此后，虽然冯玉芳坚决不跟丈夫离婚，也到高志敬的单位闹过，但她却无法阻止丈夫出轨的步伐。

一时间，他们家里烽烟四起。此时，他们的儿子已经大学毕业，在一家大企业上班。看着父母整天吵闹不休，在百般劝说无果后，他心灰意冷地搬到了单位宿舍居住，远远离开了父母的纷争。

因为老房子拆迁安置的缘故，冯玉芳陷入一场房产官司之中，没有精力与丈夫周旋，她唯一能够做到的就是加重对丈夫的责骂。但是，冯玉芳越是这样，夫妻关系就越紧张，高志敬的心就越倾向于刘凤侠，甚至开始跟她长期同居。为了保证家庭的完整，冯玉芳只好不屈不挠地“战斗”着。

一个下午，高志敬与冯玉芳再次争吵起来。被打破鼻子的高志敬一脸鲜血，他用手狠狠地拂去脸上的血迹，一改二十多年懦弱的脾气，咬牙切齿地吼叫着说：“冯玉芳，你等着，有你好看的！”说完，他夺门而去。此时，高志敬唯一能去的便是刘凤侠的住处。一路上，他摸着受伤的鼻子，想着冯玉芳二十多年来的飞扬跋扈，怒火在心中熊熊燃烧。就在这一刻，他起了杀心，决意要除掉妻子。

刘凤侠见到狼狈而来的高志敬，心里马上明白发生了什么事。她连忙拿来一条热毛巾，细心地为他敷着鼻子。享受着情人的体贴与柔情，高志敬再次在心里感叹：为什么同为女人，就有这么大的差别呢？看来只有将妻子除掉，自己后半辈子才有好日子过。于是，他恶狠狠地自言自语道："干脆把那个女人弄死算了，她欺负了我几十年，我受够了！"

刘凤侠以为高志敬说的是气话，淡淡地安慰道："你别想那么多了，先在我这里休息一下吧。"可高志敬继续说道："我想找个人，花点钱把她弄死。"看着高志敬气呼呼的样子，刘凤侠顺从地回应说："那你明天跟小明说说吧，这事我不管。"

一语惊醒梦中人，高志敬马上意识到，这事找刘小明去办最合适。第二天一早，待刘凤侠外出之后，高志敬悄悄地把刘小明叫了过来。原来，自从被冯玉芳赶回老家后，刘小明恨上了堂姐。为了证明自己也能开饭店，他再次来京北，与人合伙开了一家饭店。没想到钱没赚着，反而赔进去几万元。最近一段时间，苦闷的他正到处借钱还债。

那天，高志敬开门见山说明了自己的意图，刘小明听了大吃一惊："你下得了手吗？无论怎么说，那是你媳妇、我姐姐啊！她欺负你，你可以跟她离婚啊！"

"可是她不离啊！现在弄得我们三个人成了这个样子。我们不能继续这样软弱下去了，不然她还会欺负我们的！我和你，还有你三姐都没有好日子过。要找人弄死她起码得花 20 万，我没那么多钱，不行的话，你给我找个人弄死她得了，我给你 5 万块钱。"高志敬说。

刘小明见高志敬主意已定，往昔的仇恨也浮上了心头。他想了想说："这事你别管了，我给你办了！我不在乎钱，只要你给我还了欠债我就干，当牛做马都行！"

这次密谋之后，因为马上临近春节，高志敬塞给刘小明 3000 元钱，让他先回老家过春节。之后他又以刘小明盖房子、还账等事情为由，悄悄给了他 1.6 万元。高志敬把自己家防盗门的钥匙给了刘小明一把，还专门买了两张电话卡，交给刘小明一张，自己一张，便于两人之间的单线联系。据警方案发后调查，这两张电话卡，他们也只是通了两次电话。一次是回到老家的刘小明偷偷潜回京北给高志敬打了个电话；第二次是高志敬打给刘小明让他动手杀人。

自从刘小明确定要帮助高志敬杀人之后，他悄悄买了一根电警棍、一把仿真手枪和一把匕首。之后，他为了不引起冯玉芳等亲戚的注意，除了清明节时来了一趟京北，其余时间均待在了老家。刘小明找到自己的拜把兄弟、和他同村的 43 岁农民王玉良说："京北有人欠我钱，你跟我要钱去，完事后给你 1000 块钱。"头脑简单的王玉良听说有钱拿，想都没想就同意了。于是，刘小明开着摩托车，带着王玉良悄悄回到了京北。

第二天一大早，高志敬和刘小明在公交站见面。

高志敬塞给刘小明 2000 元钱之后再次问："你杀冯玉芳能下得了手吗？那可是至亲啊！？"

刘小明斩钉截铁地说："行，下得了手。"

高志敬接着说："你要杀了冯玉芳，冯劲松肯定怀疑咱俩，要杀干脆把他们俩一块干掉得了。"

"行！"刘小明想都没想就答应了。

高志敬见刘小明态度坚定，心里的一块石头落了地，他又仔细地嘱咐道："5 月 22 日是星期一，每个周一，冯玉芳姐弟俩都会为他们家老房拆迁的问题去上访，一般冯劲松都会来约他姐。你就这天一大早去我家，用钥匙打开防盗门后别吱声，看见她就干掉她。如果冯劲松在就一块干掉，如果不在就在家等着。我早晨 7 点多钟离开家后打电话通知你。"

两人分手后，刘小明回到宾馆，拿出那把塑料仿真手枪对王玉良说："明天要钱的时候你不用动手，拿着这把枪就说'不许动'，别的事情你不要管。"王玉良不明白怎么回事就稀里糊涂地答应了。

早晨 7 点，刘小明骑着摩托车带着王玉良来到高志敬家附近等候。7 点 30 分，高志敬离开家门后给刘小明打电话说："去吧，她自己在家，正在洗澡，快点！"

按照高志敬的指引，戴着头盔的刘小明和王玉良轻车熟路地打开了冯玉芳的房门。刘小明顺手抄起一个啤酒杯子，砸向刚洗完澡穿上衣服，还猝不及防的冯玉芳。不明就里的王玉良拿着仿真手枪大喊一声：“不许动！”接着，刘小明抽出匕首在冯玉芳的胸部和脖子上连刺数刀，可怜的冯玉芳到死都不知道自己竟然死在自己的亲堂弟刀下。

刚杀死冯玉芳，桌上的电话就响了，王玉良吓傻了，站在那里不敢动。刘小明哆哆嗦嗦地抓起电话，一听是冯劲松的声音，也不敢吭声。他扔下电话后，拉着王玉良逃离了冯玉芳家，来到路边。此时，王玉良已经吓得走不动路了，他抱住一棵大树再也不走了。刘小明连忙给高志敬打电话说:“完事了，冯劲松还杀不杀？”高志敬说:“杀，你再等会儿吧！”

刘小明转过头来，对王玉良说：“那个活着对我不好，反正是破罐子破摔了，咱还得回去。”说完，他把战战兢兢的王玉良拽上摩托车后，又回到冯玉芳家中。

过了一会儿，一直不见姐姐接电话的冯劲松径自打开了冯玉芳的家门。哪知，他刚一进门，就被藏在门后的刘小明用电棍击倒在地，接着刘小明摘下头盔朝冯劲松砸去，并顺手抽出匕首朝冯劲松身上扎去，此时冯劲松虽然看清楚是堂弟在向自己下毒手，但他还没来得及喊出来就眼睁睁地被刘小明乱刀捅死了。

王玉良见刘小明不到两个小时就杀死两个人，已经吓傻了的他不知如何是好。随后，刘小明带着王玉良仓皇逃回了老家，并把匕首、电棍和手机卡等作案工具扔到半路上，直到自己被抓获也没敢再与高志敬联系。

当冯劲松的妻子来到冯玉芳家中时，遍地鲜血和两具已经冰凉的尸体把她吓傻了。小区保安帮她打电话报了警。

警方经过近一个月的搜捕，将刘小明和王玉良抓获。刘小明对自己杀死堂姐和堂哥的所有情节都供认不讳。随即，高志敬被警方抓获，他也对自己雇凶杀妻的情况如实招供。

因此案涉及的全是至亲之间的仇杀，案发后，在冯氏家族和国家某总局家属楼，引起相当大的震动。高志敬的亲友和同事都无法相信老实、内向的他会雇凶杀妻。

在通常的婚姻关系中，举案齐眉是一种理想境界，但是，更多的家庭都是一方强势，一方弱势，强弱之势此消彼长，在微妙中保有着一种平衡。而像高志敬和冯玉芳这样将强弱之争展现得如此极端，失去了婚姻固有的平衡度，自然会引爆丧失地位的一方心间积蓄的愤懑。

从另外一个角度考虑，在本文这个复杂的家族关系中，贫富的差异决定了权力的掌控，而高高在上的冯玉芳唯我独尊，无视亲人的自尊，也为自己布下了重重隐患。

起初，高志敬的怯懦和隐忍还是让人深深同情的，因为缺乏和家人的沟通，他的消极退让反倒更加纵容了冯玉芳的跋扈。退到最后，他竟错误地从一段不伦之恋中寻求慰藉，从而导致了疯狂的杀戮。那一刻，融融亲情失色，苦苦维系的家庭走向了毁灭！

第十篇

挥刀护爱砍情敌

滇西县某副局长张景洪被人持菜刀砍杀于局机关大院，行凶者竟是该县第一中学的老师夏腾冲。在人们眼中，张景洪是敢想、能干、政绩突出的“好公仆”，夏腾冲是教学有方、桃李天下的“好老师”。他们之间有着怎样的恩怨情仇？情杀、嫉妒、怨恨、精神失控，一时间众说纷纭，当事人双方的亲属各执一词，网民们甚至展开了“口水战”。事实真相究竟如何？随着法院的审判，双方的情仇纠葛随之浮出水面……

夏腾冲与妻子吴彩云曾经的爱情，完全可以用“青梅竹马”来形容。38岁的夏腾冲出生在滇西县一个普通农家，家中兄弟姐妹较多，经济并不宽裕。夏腾冲自小立志读书跳出农门。他刻苦学习，在中学时代成绩始终处于领先位置。

比夏腾冲小一岁的吴彩云与他是同乡，不过与夏腾冲相比，她的父亲是政府的机关干部，家庭条件明显比夏腾冲强很多，而且吴彩云身材窈窕，高挑靓丽，在学校有“校花”之称。当年，他们就读的学校有两大名人，一个是成绩优异的夏腾冲，另一个就是低他一届、长相出众的吴彩云。

在夏腾冲眼里，吴彩云是让他不敢多看的“小公主”，但吴彩云却对他这位师兄情有所钟，学业上遇有困难，就主动向他请教，一来二往，两人成为无话不谈的好友。

20 世纪 90 年代初，夏腾冲考上师范学校，吴彩云也紧随其后就读于该校。当两人在师范学校重逢时，激动喜悦之后爱情火花也随之擦燃，菁菁校园，两人立下了爱的誓言。

夏腾冲从师范学校毕业后，分配回老家一个乡村小学担任老师，次年毕业的吴彩云也追寻着爱的足迹做了教师。三年后，两人结束多年的爱情长跑，走上婚姻的红地毯。

婚后，不满足现状的吴彩云鼓动丈夫寻找机会跳出学校，谋求更大的发展空间。夏腾冲依言报考了本科自学考试，吴彩云则报考了公务员。几经努力，夫妻俩都有所收获，夏腾冲取得了本科文凭后，被调到滇西第一中学做教师，吴彩云则如愿以偿地考上了公务员，到滇西县某机关任职。两人都很优秀，分别被评为优秀教师、优秀公务员，而吴彩云的出色能力开始被上级注意。

为了夫妻团聚，吴彩云从县城调回乡下担任副乡长，分管教育和文卫。妻子升迁后，夏腾冲却仍原地踏步，在第一中学除担任班主任和语文教研组组长外，别无更大的“升值”潜力。

有同事拿夏腾冲开玩笑：“夏老师，小吴以前都追着你的脚印走，现在却跑到你前面了，管起你来了，小心她跑得太快，你追不上啊！”

夏腾冲表面上虽然不动声色，但却默默地将同事的玩笑话记在了心上。为了考验当上副乡长的妻子是否仍把自己视为“一家之长”，以前抢着做饭洗碗的他故意磨蹭，有时就直接指令吴彩云做。吴彩云开始也不以为然，只要有空，能做的家务她都做。但后来，她的工作应酬多了起来，常常疲累地回家。有一天深夜，她回家时发现杯盘狼藉，备着课的夏腾冲板着脸对她说：“我等你回来做饭，你看看现在几点了，想饿死我啊？”

吴彩云也气不打一处来：“你不知道我工作忙啊，还等我回来做饭，想得美。”说着，她气呼呼地自顾休息去了，不理夏腾冲。

其实夏腾冲已经吃过饭了，他是故意设局看妻子的反应，见妻子对他打起“官腔”，看来同事的话说得没错，他心里真的忐忑不安起来。

吴彩云调任副乡长后，他们一家就搬进了乡政府宿舍。没多久，隔壁的宿舍就多了一户新邻居，是从邻乡调来的乡长张景洪。

邻居再加上与吴彩云在工作上是上下级的关系，两家自然就走得近，经常聚在一起吃饭、聊天。张景洪的妻子回娘家时，夏腾冲就热情地招呼张景洪到自家吃饭、喝酒，张景洪大夏腾冲两岁，夏腾冲将他视为大哥。

乡里有两辆工作用车，乡党委书记、乡长各用一辆。吴彩云有时因工作需要，经常搭张景洪的车。有时，两人同时在外面应酬。时间一久，夏腾冲就隐隐地觉得有些不对劲，张景洪对吴彩云说笑毫无顾忌，有时还跟吴彩云亲昵地开玩笑。张景洪来串门时，也是跟吴彩云聊得多。有几次，甚至把夏腾冲甩到了一边，让他插不上话。

没多久，小镇上就传出张景洪与吴彩云的“绯闻”，说他们外出应酬时举止亲密，张景洪在一次酒后还跟吴彩云喝交杯酒。夏腾冲听得此言，气得够呛，但苦无证据，也只好一直把气闷在心里。

一天，张景洪与吴彩云在外面应酬时都喝醉了，两人相互搀扶着回到宿舍。张景洪把吴彩云送到家后，要讨杯茶喝，夏腾冲脸色发青地说：“谁叫你们在外面瞎喝，没茶。”说罢，用力把张景洪推出了门外。

随后，夏腾冲又指着吴彩云的鼻子说：“你以后少在外面喝酒，特别是不要跟张景洪在一起。”吴彩云却不买他的账，回敬道：“你别吃干醋，我跟张乡长啥事都没有，只是工作关系，我们应酬也是工作需要，你别管我们的事，也轮不到你管。”

夏腾冲碰了一鼻子灰，他的防范之弦反而绷得更紧了。张景洪又一次到夏腾冲家吃饭时喝多了，躺在沙发上便睡着了。张景洪的手机就握在手中，一心想找证据的夏腾冲见机会来了，他悄悄拿过张景洪的手机，逐条翻看里面存储的信息。突然，他在张景洪的发件箱里看到一条短信：我也想你，但我们彼此都有家庭，要负起责任来。

这条短信是发给吴彩云的，夏腾冲看到这个号码，心差点都被揉碎了。但这仅有的一条短信还不足以证明他们二人有不正当关系，夏腾冲不动声色地把手机塞回仍呼呼大睡的张景洪手中。

第二天晚上，夏腾冲趁吴彩云不注意，从她的包里取出手机，果然正如他所料，吴彩云手机的发件箱里有一条两个卡通小猪亲嘴的彩信，正是发给张景洪的！

凭着这两条往来的短信，夏腾冲肯定了两人之间存在着暧昧关系。他先是跟吴彩云大吵了一场，随后又找张景洪理论。但张景洪对此却矢口否认，当夏腾冲将两条短信作为证据“展示”时，张景洪先是一愣，而后镇定地说：“只是同事之间发发短信、开开玩笑，当不了真。”

夏腾冲知道，凭这两条短信的确不能给他俩“定性”，他只得采取柔性对策，转而乞求吴彩云的原谅：“彩云，我也是太爱你，怕失去你，只要你对爱情忠贞，让我干啥都愿意。”

吴彩云也见好就收，说道：“以后你别疑神疑鬼的，我对你的爱是不会变的。”此后，夫妻俩又和好如初。吴彩云以为这件事到此为止，已经过去了。岂料，这才是一出悲剧的序幕！

夏腾冲担心妻子红杏出墙，只要不上课，他就不时拨打吴彩云的电话，只要吴彩云通话时间过长，他就起疑心，询问她是跟谁通话，有时，他还打给对方验证。

在夏腾冲的严密“监控”下，他一时间没再发现妻子出轨的证据。吴彩云似乎还对他更加关心起来，主动向他要来课程表，对夏腾冲说是要了解他的课时，以便在他课余时能抽出时间陪陪他。夏腾冲听后心里很温暖。

张景洪调任滇西县某局副局长，一家人也随之搬到县城居住。夏腾冲得知后，长松一口气，他庆幸张景洪的工作调动，这样张景洪和吴彩云见面的机会就少了。

但没过多久，吴彩云也调往县城工作。夏腾冲不好阻挡妻子的前程，他只得服从妻子的要求，在县城里买了一套新房，上小学的儿子也转往县城上学。县城的新家安顿好后，夏腾冲每天早出晚归，奔波于县城与乡村之间，工作上十分不方便。

吴彩云干脆对他说："你就暂时先住在乡下，等有机会工作调动了再进城。"见夏腾冲还是犹豫不决，吴彩云问："你是不是不放心我啊？儿子还跟我住在一起呢，再说，你每天不是还可以跟我通电话吗？"见吴彩云如此说，夏腾冲没有申辩的理由，夫妻俩只得城乡分居。

隔了几天，吴彩云告诉夏腾冲，晚上 10 点以后不要再打电话，她会关机的。她说出的关机理由是要起早送孩子上学，晚上必须早点休息。夏腾冲试打了几次电话，吴彩云果然晚上 10 点后就关机了。

后来，吴彩云调至滇西县 A 局任副局长。一次，夏腾冲回县城的家中时，偶然从妻子的包里找到了一张手机卡。手机号是他所不熟悉的。妻子为什么要办一张新的手机卡？想到妻子曾与张景洪之间有过的暧昧短信，他预感不妙。

随后，不动声色的夏腾冲悄悄找到通讯公司的一位朋友，调出"神秘电话卡"的通话记录，竟然发现这张"神秘电话卡"的往来电话都是与张景洪有关，通话的时间有时是深夜，有时是凌晨，最长的通话时间长达 80 多分钟！

当夏腾冲捧着打印出来的通话记录摆放到吴彩云面前时，吴彩云一时惊得无言以对。在夏腾冲的逼问下，她坦白了与张景洪的私情。更让夏腾冲气愤的是，当初吴彩云要来他的课程表，并不是真的关心他，而是掌握他上课的时间，以便利用这段时间与张景洪电话谈情。

得知妻子出轨的私情后，夏腾冲如鲠在喉，他几次找张景洪算账，岂料张景洪对此却毫不认账。夏腾冲拿他毫无办法。因为心事加重，导致他上课也毫无激情，甚至有时讲课时常讲得跑了题。

几个月的煎熬犹如炼狱，长期的抑郁加上失眠，导致他的体重下降了十多公斤。这段时间，吴彩云出于愧疚心理，对夏腾冲呵护有加，还带着夏腾冲到医院检查，检查结果是夏腾冲患了神经衰弱症。

此后，吴彩云还带他去看心理医生，妻子的回心转意让夏腾冲倍感欣慰。一次，吴彩云照顾他吃药后，他情不自禁地握住吴彩云的手说:“老婆，一定是张景洪那小子勾引了你，只要你对我的感情不变，我会原谅你，但张景洪那小子我一定不能原谅他，不出这口恶气誓不为人。”

吴彩云以为丈夫在说气话，也就没把他的话放在心上。几天后，吴彩云要去外地出差，临出发前，她还一再嘱咐夏腾冲别忘了吃药，并说等她从外地回来会配合夏腾冲好好治疗心理疾病。

妻子出差后，夏腾冲却仍深陷于妻子出轨的沼泽中不能自拔，他坚信是张景洪勾引了自己老婆，一定要找张景洪算账。一次，他想到一个主意，把这件事告诉张景洪的老婆，由张景洪的老婆好好来教训他。但当他打电话将这个消息告诉张景洪的妻子时，没想到对方反而将他一顿臭骂。护夫心切的张景洪妻子跟夏腾冲同样心态，反咬是吴彩云勾引张景洪，将账全算到了吴彩云头上，反过来警告夏腾冲要看管好自己的老婆。

“妙计”落空，夏腾冲更是气恨交加。一天，他在县城菜市场附近看到张景洪夫妇到菜市场买菜，他立即上前跟张景洪理论。张景洪当着老婆的面自然不承认出轨行为，张景洪的老婆见夏腾冲死缠着张景洪不放，一转身，叫了几个人，把夏腾冲一顿揍。

夏腾冲见张景洪夫妇站在了同一条战线上，软硬不吃，他又想了一个办法，那就是向纪委写信，举报张景洪勾引有夫之妇。夏腾冲是语文老师，写起举报信来自然一气呵成，很快他就写出了“关于张景洪、吴彩云生活作风腐化、堕落的举报信”，他将举报信反反复复地看了几遍，觉得少了点什么，认真一想，那就是缺少张景洪的承认。如果逼迫张景洪在此信上签了字或按了手印，张景洪一定会落马！

那天下午，夏腾冲带着举报信及购买的一把菜刀敲开了张景洪的办公室。对于为何带菜刀，归案后的夏腾冲向审讯人员这样供述：他当初只是想威吓张景洪，逼迫张景洪承认与自己妻子的私情。

当天下午，张景洪恰好在办公室。他看到夏腾冲后，知道来者不善，他也不甘示弱，对于夏腾冲逼他所说的私情一概不承认。两人发生了激烈的争吵。情急之中，夏腾冲猛地掏出带来的菜刀，朝张景洪乱砍。张景洪被砍了几刀，挣扎着逃脱，从二楼办公室一直逃到了一楼，但仍是被杀红了眼的夏腾冲堵住，他的脸部、颈部、肩部身中数刀，倒在血泊之中。

因事发突然，张景洪的同事还未过来，他已被砍倒。随后有人赶紧拨打110报警。案发后，夏腾冲没有逃离，被赶到的民警当场抓获。而张景洪在送往医院抢救后，最终因颅脑损伤而死亡。

此案告破后，认识夏腾冲的人十分震惊。37岁的夏腾冲是个典型的文弱书生，这样一位优秀老师竟然持刀行凶，其他老师们根本不敢相信。

而滇西县某局副局长被人在办公室砍杀，这条消息不胫而走，引起多家媒体的高度关注，报纸连篇报道。但因案情重大，有关部门一直未对外公布案情，导致各种猜测层出不穷，市民之间议论纷纷。而案发后，夏家人与张家人相互指责，乱成了一锅粥。作为当事人之一的吴彩云则远避他乡，不敢再涉入旋涡的中心……

法院开庭时，夏腾冲杀人证据确凿，且其对作案过程供认不讳。鉴于该案的发生确系事出有因且被告人夏腾冲认罪态度较好，法庭酌情从轻处罚。夏腾冲因犯故意杀人罪被判处死刑，缓期两年执行，剥夺政治权利终身。

至此，惨案虽然画上了句号，但留给社会的警示和思考却远未画上句号。

第十一篇

百万买断他人命

很多人不惜草菅人命，甚至连自己的领导也不会放过。市高级人民法院宣判过一起轰动四方、令人震惊的绑架杀人案，包括雇主王寒军及杀手在内的五名被告人被判处死刑、死缓、无期徒刑，其余三名被告人被判有期徒刑。

多名歹徒戴着手铐冒充警察绑架了某研究院副院长李平阳后，用胶带封住其嘴巴、缠满其头部，并给李平阳注射了大量毒品致其昏迷，后将事先准备好的两台大力钳绑在李平阳身上，抛入引水渠中溺死。

年轻有为的厅级高干被绑架杀害的消息，引起了各个阶层群众的极大关注。公安部和市公安局立即组织精兵强将全力以赴展开侦查。经过艰苦工作，警方抓获的杀人凶手令人震惊。出资百万元雇凶杀害李平阳的竟然是他的好友和直接下属王寒军。他为了保住个人的经济利益和政治前途，与朋友鲁景廷合谋，由自己出资，由鲁景廷雇用杀手将好朋友和顶头上司李平阳杀死。

令人诧异的是，即使在警方拘捕了王寒军之后，熟悉王寒军的人仍然不相信他会雇凶杀人。就在不久前，当研究院的领导在下属一厂中层干部会议上宣布副院长李平阳被绑架杀害的消息时，王寒军伤心欲绝的哭声让在场的人记忆犹新，那种伤心绝对不是伪装出来的。而且，王寒军人缘很好，在很多人眼里都是一个非常不错的人，甚至在他因涉嫌杀害李平阳被抓获之后，在一厂向警方提供的王寒军工作表现中，还提到“厂内对王寒军比较了解，与他共事多年的同志认为：王寒军对工作认真负责，关心群众生活，要求自己比较严格，有较好的群众基础和业务能力，在工作中虽然有时会发一些牢骚，但都能以大局为重，按厂里的要求完成任务”。甚至王寒军在全厂年度评比中，以得分最高名列全厂56名中层干部第一名。

王寒军出生在一个工人家庭，中学毕业后到舰队服役，在部队期间入党并多次立功受奖。从部队复员后，王寒军到一厂当了一名电工。在工作中他勤勤恳恳、任劳任怨，生活中乐于助人，尤其在人际交往中真诚朴实，加上多年部队生活养成的军人素质，使他很快在同龄人中脱颖而出。虽然他只是一个普通电工，但却受到全厂上下的一致赞扬，周围的人们也都愿意跟他交往。由于王寒军的出色表现，他被调入被很多人认为是肥缺的供应科担任采购员，并成为聘用制干部。

几乎在王寒军担任供应科采购员的同时，刚刚毕业不久的大学生李平阳调入厂技术科担任助理工程师。因为供应科和技术科是紧密协作的业务单位，工作的关系使两人开始熟悉起来，加上两人的性格都比较直率，他们很快成了好朋友。那时候，比李平阳大六岁的王寒军对机械厂的各个环节都比较熟悉，对刚刚进厂的李平阳也非常照顾，李平阳非常尊重地称王寒军为“王哥”，而王寒军对这个年轻有为的小老弟也呵护有加。因为李平阳是在外地上完大学后分配到厂里工作的，在人地生疏的地方并没有什么亲友，王寒军对李平阳的关心让他感到兄长般的温暖。工休之余，两个有抱负的年轻人几乎无话不谈。他们经常在一起畅谈人生，谈论工厂发展大计，相互鼓励着干好本职工作。

李平阳被任命为车间副主任。作为朋友和老大哥，王寒军虽然感到一丝落寞失意，但依然真诚地为李平阳的进步感到高兴。那天晚上，为了庆祝李平阳荣升，很少喝酒的王寒军喝了很多酒。趁着酒劲儿，他搂着李平阳的脖子说：“老弟，你比老哥有出息，以后你当了大官可别忘了老哥啊！”而李平阳也非常真诚地对王寒军说：“王哥，咱们俩是好朋友，多谢你这几年对我的帮助，我坚信你是最棒的，凭你的素质肯定会成功的，你一定会比我强。”

确如李平阳所言，在工作中兢兢业业的王寒军很快受到了领导的重用。李平阳和王寒军的名字同时出现在一张中层干部的任命书上：王寒军被任命为供应科副科长，李平阳被任命为检验科副科长。从此，这两个在单位里都担任要职的好朋友的感情越来越密切了。他们两人都是厂里的中坚力量，如果按照这个轨迹走下去，无论生活还是工作，他们都会前途无量。

然而，光明的前途似乎只出现在李平阳面前，只当了半年副科长的李平阳被任命为检验科科长并成为厂里的主要后备干部。两年后，年仅33岁的李平阳就如坐火箭一样成为一厂最年轻的副厂长，分管着包括供应科在内的生产技术部门。而王寒军的职务却原地踏步，依然是供应科副科长。

对于李平阳的荣升，虽然王寒军心里很不是滋味，但这点小小的嫉妒并没有影响他们的感情和工作。尤其是李平阳分管供应科之后，随着工作交往的日益增多，两个人的感情也越来越深。在这期间，王寒军和李平阳分别都成了家，他们在工作中建立起来的友情也渗透到两个家庭中。他们两家在周末和节假日的时候，只要有时间就会一起相约外出吃饭、聚会，这种同事加兄弟之间的交往被别人羡慕得要死。

李平阳是个事业型的男人，尤其是担任副厂长后，他几乎把全部的精力投入到本职工作中。为了推销本厂的产品，他经常到外地出差，即使在单位工作也比较忙，经常在单位值班、加班，有时候十天半个月都回不了一趟家。自从李平阳担任副厂长以后，家中很少看到他的影子，孩子几乎就见不到他，周末和节假日也是这样。李平阳家中多年养成的习惯是哪天李平阳在家，哪天就是他们家的节日。李平阳心里除了工作，好像再也装不下别的东西，甚至孩子过生日时，李平阳会茫然地问："孩子几岁了？"

每到这个时候，李平阳家里的事情都由老大哥王寒军帮着打理。李平阳到外地出差，每到周末的时候，王寒军都会开着车拉上李平阳的爱人和孩子到公园、游乐场去玩。甚至李平阳的儿子过生日时，为孩子购买生日蛋糕并为孩子唱生日歌的都是王寒军，而李平阳此时却在外地奔波着。

李平阳在生活上非常谨慎，甚至担任副院长以后，还一直住在筒子楼宿舍。王寒军家住得也不太远，加上工作的关系，他们接触比较多，不管是李平阳还是王寒军，跟朋友到外面去应酬时常都叫上对方一起去。而大多时候，王寒军下班的时候也经常约李平阳一起回家。时间久了，他们之间的关系越来越近。

李平阳当了副厂长之后，虽然单位里给他配了车，但他很少用于私事。王寒军开的是一辆面包车，他对顶头上司李平阳的事情非常殷勤，只要李平阳家有什么事情，用不着李平阳打招呼，王寒军肯定会在最恰当的时候出现。那个时候，王寒军的面包车是李平阳的家人乘坐的最多的车辆。后来李平阳的爱人觉得不好意思总是给王寒军添麻烦，就对李平阳说："以后咱们别老给王大哥添麻烦了，人家家里也有很多自己的事情，再说，王大哥老拉着我和孩子去逛公园、下馆子，我也觉得不好意思。而且，还不知道别人在背后说什么呢。"

对此，李平阳还开玩笑地对妻子说："你这个人还这么爱胡思乱想啊，王哥是我的好朋友，又是同事，人家的好心好意咱们怎么好拒绝呢？"

李平阳是一个在人际交往中非常谨慎的人，虽然很多人对王寒军有所微词，说他善于溜须拍马、走上层路线，但这些话传到李平阳的耳朵里，他只是一笑了之。李平阳之所以与王寒军成为好朋友，除了王寒军众所周知的好人缘和在工作中兢兢业业的工作精神，还有一件事让李平阳感受到王寒军的侠肝义胆。

那是一次意外的人生变故，一厂的一名职工家属在家中上吊自杀，舌头伸出了很长，样子非常吓人。消息传出后，很多人在这名职工家的楼下围观，但没有一个人敢靠前搭把手帮帮忙。当天恰巧这名职工的家人都不在，其他的亲友也无法联系，很多围观的人都怕接触死人沾上了晦气，远远看着不肯上前，在场的一些领导也不知道怎么处理才好，场面一时难以控制。正在这时候，闻讯赶来的王寒军二话没说，拨开人群走进那个平时与他根本没有什么交往的职工家中，手脚麻利地为那位职工家属处理了后事。之后王寒军又跑前跑后，尽心竭力地帮助人家处理善后事宜。王寒军的这一举动，一时在厂里成为美谈，使他赢得了很多称赞，也使出差回来听说此事的李平阳对王寒军增添了一份尊重。

李平阳愿意与王寒军交往，除了感情上走得比较近，李平阳更看重的是他们之间工作上的配合。作为工厂的供应部门，全厂的原材料和部分加工业务都离不开王寒军负责的这个部门。而且王寒军在与客户和供应商的交往中，一直谨慎有加，一是他不跟有求于自己的客户吃饭，二是即使偶尔在一起吃饭也决不喝酒，甚至连香烟都不抽别人的，在多年的工作中没有给人留下什么把柄。有人说王寒军狡猾，但王寒军笑笑说：“这不是狡猾，是一个供应科科长应有的谨慎，即使我没有照顾别人，但如果我因为跟材料供应商吃了一顿饭，别人就会说三道四，就会影响工作。”对于王寒军对待工作的认真态度，李平阳是非常欣赏的，觉得他是一个事业心很强的人。

李平阳接任一厂厂长职务时，厂内资金非常紧张，职工工资难以保障，各项工作面临着严峻挑战。面对市场萧条、企业面临停产的困难，李平阳知难而进，勇于开拓，大胆创新，以忘我的热情投入工作。他亲自带队跑市场，视用户为上帝，学习先进经验，实行星级服务，从一点一滴做起，努力开拓市场。为了让企业跟上时代的步伐，李平阳在企业内部引进竞争机制，实行干部按能力能上能下、工资按贡献能升能降，分配政策向技术开发、生产制造、销售服务等生产一线人员倾斜，努力开发生产顺应市场需求的新产品，先后开发了适应市场需求的新产品达七八十项之多，使企业的综合竞争能力大大提高。由于李平阳的出色业绩，年仅41岁的他被任命为研究院副院长兼一厂厂长，享受副厅级待遇。

在企业迅速发展的过程中，李平阳的一些改革措施对一些竞争对手构成了威胁，几年来，有哭的，有闹的，有当众拎刀的，有背后诬告的，有当面威胁的，有扬言恐吓的。有些个体老板也曾扬言要花钱雇黑社会报复李平阳，甚至有人拿着菜刀跑到李平阳的办公室里闹事。对此，他笑着对来恐吓自己的人说："我这个副院长要钱没有、要命一条；你杀人要偿命，你的万贯家产你舍得下吗？"对他人的恐吓李平阳毫不畏惧，但李平阳怎么也不会想到，真正对自己下手的竟然是自己尊敬的老大哥和最信任的下属。

每当厂里的工作取得了突飞猛进的发展之时，高兴之余，李平阳也不无顾虑。有时候他和王寒军等一些至交好友闲聊时说："厂子发展得太快了，对企业和职工来说是好件事，对我个人未必会好。以后如果有事，请替我照顾家人。"

王寒军问他："你这么拼命工作图的是什么？要为自己这么干到哪里不发大财。"但李平阳总是平淡地说："人活着不过是四两饭一张床，不能把金钱看得那么重。"

在李平阳大刀阔斧决意改革期间，作为原材料供应的主要部门的负责人，王寒军一直是李平阳的得力助手和左膀右臂，无论厂里需要什么材料设备，王寒军总是在第一时间以最快的速度组织好货源。北上南下，只要厂里安排王寒军出差，他二话不说，提起简单的行李就赶赴目的地。

对此，李平阳看在眼里，喜在心上，觉得王寒军这个老大哥无论从能力和还是人品上都是值得信赖的人。尽管有人私下里提醒李平阳说王寒军手中掌握着全厂的供应大权，每年从他手里花出去的钱有几亿元，难免不为自己谋一些私利，甚至有人直接提醒李平阳说王寒军跟厂外一些为本厂加工零部件的个体老板有超出寻常的交往，让李平阳注意一下王寒军，但李平阳仍然以大局为重，在工厂进入了良性发展阶段后，毅然提议让王寒军担任供应科科长的职务。后来考虑到王寒军年龄偏大，文化层次偏低，为了支持王寒军的工作，更好地开展供应科的业务，李平阳又安排自己的秘书王卫平担任了王寒军的副手，协助王寒军工作。

王寒军虽然当了科长，但他心里并不舒服，一是他觉得自己的能力强，这个供应科科长早该是自己的了；二是他觉得李平阳把王卫平安排到自己身边是来监视自己的，而且王卫平年轻有为，比自己更受李平阳的欣赏。王寒军已经年近 50 岁，身边有这么一个生龙活虎的年轻人做副手，下一步的工作成绩肯定比自己强，即使自己在厂里继续干出多大成绩，也很难有什么政治前途了。所以，为了王卫平当副科长的事情，他在心里窝了一把火。他经常想，既然自己的政治前途渺茫，还不如趁有权的时候多赚一点钱。

对李平阳的不满，刚开始的时候王寒军并没有表现出来。担任供应科科长职务后，他表现得更加勤勉尽责，积极地配合李平阳的工作。但谁也没有想到，王寒军购进的连体轴承中还隐藏着许多猫腻儿。

以前这种轴承完全靠从德国进口，每件连体轴承价格在 5000 元左右。有一家轴承研究所研发了这种轴承，价格就便宜了许多，每根轴承价格在 1350 元左右。刚开始的时候，轴承的进货业务由王寒军手下的一个业务员具体负责。后来王寒军通过核算了解到 1350 元的价格仍然偏高，发现里面的巨大利益后，他就以价格太高为由踢开了同事，亲自跑到当地去将价格压到1100元，后来他又直接找到加工轴承的工厂将价格压到了450元，并以这个价格进货到自己妹妹担任法人的家族公司，然后加价转卖给一厂。机械厂一共进了4000根连体轴承，王寒军既在李平阳那里得到了信任，又从中获得了不少个人利益。

由于王寒军进的轴承价格低，差不多是一根轴承的价格购买两根轴承，他就到好朋友鲁景廷那里开增值税发票，以此逃避税款。

作为行业内的龙头企业，一厂的职工不过500多人，很多零部件都靠协作单位加工，因此，一些依附于机械厂生存的小加工厂应运而生，这其中就有与王寒军熟悉的鲁景廷，他与几个朋友合股开办了一个公司，做机械加工生意。鲁景廷这个公司的合作伙伴中，还包括机械研究院国际贸易部业务员武国。武国经常从厂里拉一点加工的活儿给鲁景廷做，从中赚取一点好处费，所以他与鲁景廷是很好的朋友。但王寒军与武国虽然认识，却没有什么很深的私交。

这些依附于机械厂的公司和加工企业，几乎都靠着机械厂生存，所以他们为了揽到一点加工业务，首先要跟王寒军这个“财神爷”搞好关系。王寒军和鲁景廷因为做刹车片的生意相识后，由于两人谈得来，很快成为无话不谈的好朋友。当然，对于相互利用的这种关系，他们都心知肚明。在他们之间的很多业务来往中，王寒军给鲁景廷一些赚钱的机会是不言而喻的。

在多年与加工企业的交往中，王寒军成为化纤机械行业的行家里手，任何一件采购的产品他都能够精确算出其中的利润，所以王寒军最明白这其中的利润是多么巨大。每年机械厂经王寒军的手花出去的资金有两亿元，即使加工企业只赚取5%的利润，这个数额也是巨大的。

王寒军的妹妹和弟媳妇先后从工厂下岗后，他们的工作和生活一下子成了问题。王寒军先后帮助她们找了几份工作都不如意，生活一下子没了着落，全家人都心急如焚。后来妹妹说：“你们厂每年从你手里花出去那么多钱购买材料，买谁的都是买，你要是随便漏一点，我们全家都能吃香的喝辣的，你别那么死心眼了。”在亲友们的劝说下，王寒军动心了。为了帮助妹妹，王寒军以妹妹的名义注册了一家商贸公司，公司地址就在机械厂的对面，主要经营机电配件。尽管公司的法人是王寒军的妹妹，但实际的老板却是王寒军，公司的客户都是王寒军所在单位的客户，相互之间进行商务往来。

王寒军进行着暗箱操作，他以妹妹公司的名义低价购进各种机械零部件后，再高价卖给厂里，从中赚取差价。同时，王寒军再以妹妹公司的名义低价购进厂里的产品，然后高价卖给外地的企业。

王寒军大权在握，自然有很多人巴结他，他的好朋友鲁景廷也是其中一个。鲁景廷来找王寒军给他找点活儿干，王寒军说最近没有什么活儿。鲁景廷说:“实在没有活，我可以帮你开增值税发票，可以帮你倒现金，你只要给我20%的税款就可以。”但王寒军还是没有立即答应他，他只好怏怏地走了。

但王寒军没有忘记鲁景廷的话，之后不久，王寒军跟一些小公司做生意时，因为用现金购买价格便宜。他再找鲁景廷帮着开具高额增值税发票，每次王寒军都给鲁景廷超过20%的好处费。前前后后，王寒军找鲁景廷开了七八十万元的增值税发票。而鲁景廷的厂子是国家减免税的福利企业，税率低，他可以从中赚取国家给其低税率与正常税率间的差价。王寒军拿着发票下账后，领出钱来再继续低价购买配件，如此循环，他从中赚了不少钱。

无风不起浪，王寒军在经营中的所作所为，也很快传到李平阳那里。刚开始的时候，李平阳还不相信，后来通过核算价格，发现王寒军负责进货的连体轴承价格偏高。不管王寒军有没有从中做手脚，李平阳决定跟王寒军好好谈一谈。但王寒军一口咬定他绝对没有从中牟利，同时满是委屈地表示连体轴承的业务他不干了。他信誓旦旦地对李平阳说："我是你提起来的，我以我的人格担保，绝对不会做出对不起你和厂子的事情。"

虽然王寒军矢口否认，但毕竟进货价格已经超出了正常范围。李平阳跟王寒军谈完后，觉得他根本没有悔改的意思，为了工厂的利益，也为了阻止那些对王寒军不利的传言，厂里就此还专门经过公开招标，把连体轴承的业务给了研究院下属的另一家公司做。这样一下子就掐断了王寒军的财路，他从此恨上了李平阳。

自从连体轴承的事情之后，王寒军在内心里对李平阳越来越疏远了，但表面上还是一如既往，毕竟李平阳是单位的一把手，王寒军是不敢轻易得罪的。而李平阳渐渐地就把这种不愉快忘到脑后。毕竟，在李平阳的心目中，王寒军是自己的左膀右臂，他也不相信王寒军会做出对不起自己和厂里的事情。

在经营过程中，一些客户欠了一厂很多债务，李平阳就安排王寒军具体负责追债和赔款的业务，这在王寒军眼里是"缺德带冒烟"的事情，他觉得李平阳太霸道了，断了自己的财路不说，还让自己去得罪人，因此对李平阳的愤恨变成了仇恨。

同时，王卫平担任供应科副科长之后，负责了供应科的很多工作。这其中就有很多王寒军认为油水比较大的业务，所以他认为李平阳是在有意架空自己。加上王卫平年轻有为，王寒军更认为李平阳把王卫平安插在自己身边，是监督自己继而取代自己，尤其是李平阳安排自己去干出力不讨好的追债业务，更让王寒军坚定了这个猜疑。

前途的渺茫如同给王寒军泼了一盆冷水，如果他就此收敛，回到本来的生活和工作轨迹上，他在经济上的一些不轨行为，也许仅仅是一段不为人知的秘密，也永远不会有人揭露出来。但恰恰是王寒军心中有鬼，面临着可能出现的政治和经济利益的丧失，他却对这两种欲望越来越依赖，甚至呈现出一种变态的行为。

为了试探李平阳的真实意图，王寒军在不同的场合说过李平阳要拿下自己让王卫平当科长的话。王寒军想，这些话肯定会传到李平阳的耳朵里，如果李平阳找自己谈话，说明这些传言不是李平阳的意图，那么自己的担心是多余的；假如李平阳沉默的话，自己的担心就是真实的。这些话由王寒军说出去，很快在厂里传得沸沸扬扬，之后再传回王寒军的耳朵里，越传越邪乎。而李平阳却一直没有找王寒军谈话，这让王寒军感到自己的位置岌岌可危，加上自己以前的倒卖连体轴承、虚开增值税发票等问题一旦败露，必将承担刑事责任，做贼心虚的王寒军越来越害怕了。

心怀鬼胎的王寒军被自己制造的传言吓坏了，本来性格中就有些懦弱的他，精神上差不多支撑不住了。白天忙了一天的工作，晚上回到家，一种大祸临头的感觉便会萦绕在他的心头。每每此时，独对孤灯的王寒军就特别渴望李平阳能够打个电话来安慰一下自己，哪怕是聊聊天也好。可是，李平阳却一直没有给王寒军打过电话。

有很多次，王寒军想给李平阳打电话谈谈，有时候想到李平阳的办公室里，像以前一样推心置腹地谈谈各自的想法，但他无数次都欲言又止。有时候到了李平阳的办公室门口，敲门的手一次次举起又一次次地放下，他担心谈话之后会加快自己倒霉的步伐。随着时间的推移，王寒军心里充满了莫名的失落和悲哀。

尽管王寒军在年度考核中名列中层干部第一名，李平阳也在全厂大会上公开表扬了他，但他却一点也高兴不起来。想到自己下一步可能被拿下的后果，王寒军难过得都想大哭一场。

而在这期间，王卫平和李平阳的接触越来越多。王卫平有时候当着王寒军的面，打电话跟李平阳汇报工作，而李平阳安排工作的时候，也大多找王卫平而不找自己，更让王寒军心里不是个滋味。

其实，王寒军自己散布出来的传言李平阳根本就没有听到，虽然王寒军的一些做法让他越来越不满意，但李平阳并没有撤换王寒军的意思。而且王寒军清偿债务的工作不利时，李平阳还像以前一样该批就批，该提醒还提醒。李平阳不但在私下场合狠狠批评过王寒军，还在中层干部会议上点名批评了他。以前每次李平阳批评王寒军时，王寒军觉得领导眼里有自己，还有一丝丝得意，而现在他却变得如坐针毡，加上自己追债工作不但没有什么进展，还与客户产生了更多的纠纷，这更使王寒军疑神疑鬼。那段时间里，心怀鬼胎的王寒军夜不能寐，他以为李平阳是有意在找碴儿，他越想越害怕。

一厂进行人事调整时，李平阳以业务不佳为由，免去了一位主要干部的职务，准备调往郊区担任新建工厂的副总指挥。那位干部不愿意去任职而提出退休，经李平阳同意后办理了内退手续，这件事情更使王寒军战战兢兢、如履薄冰，觉得下一个被撤换的对象就是自己了。更让王寒军证实了自己猜测的是，在那位中层干部退休之后，李平阳找王寒军谈话，让他去担任新建工厂的副总指挥，使王寒军顿感如坐针毡。

担任新建工厂的副总指挥，在职务上要比王寒军现在的位置高，李平阳实际上是在重用王寒军。但王寒军不这么想，他觉得到郊区去任职，辛苦不说，而且在经济上的损失是巨大的，他多年精心编织的关系网会随着自己的调离而解体，因此他认定这次安排是李平阳要拿下自己的前兆。虽然现在只是李平阳找他谈话，还没有下正式文件，但谈话之后这个正式文件会很快下达。如果自己被撤职或者调离，无论是政治前途还是经济欲望都无从谈起。这一切都是因为李平阳，王寒军越想越恼火，越想越后怕，一旦自己下了台，自己的家庭、名声、事业都完了……

王寒军陷入无边无际的困惑中，自己的一切都掌握在李平阳的手中，如果不除掉李平阳，那就全完了。

正在王寒军为如何保住自己的位置想办法除掉李平阳的时候，一件小事情加剧了王寒军犯罪的步伐。由于市场竞争日益激烈，企业内部进一步控制成本、节约挖潜势在必行。一位销售人员打电话向李平阳汇报说，在一个重要项目投标过程中一厂没能中标，主要原因是产品价格降不下来，造成企业竞争失利。李平阳对此也心急如焚，明确提出进行内部挖潜，下一步降低成本要从供应采购入手。此举再一次惹怒了王寒军，致使他铤而走险。

王寒军像只被关进铁笼里的老虎，他有一种山雨欲来风满楼的预感。

就在王寒军在办公室里生闷气的时候，他的好哥儿们鲁景廷也气急败坏地来找王寒军。一进门鲁景廷就发牢骚说："王哥，你也太不仗义了，这么长时间都不给我活儿干，你想让我那几个哥儿们喝西北风啊！"

王寒军正没处撒气，见鲁景廷这样说，他也没好气地说："以后你连西北风都喝不上了，我这个供应科科长马上要被李平阳拿下了，以后你干脆把厂子关门了吧？"

鲁景廷忙问缘由，王寒军就把李平阳准备安排王卫平当科长，让自己当副总指挥的事情和盘托出。说完之后他咬牙切齿地说："李平阳这人太坏、太霸道，惹急了老子找人把他办了。"

听王寒军这样说，为了博得他的欢心，鲁景廷拍起了胸脯："这件事情包在我身上，我手头上有一帮子小兄弟，专门干这个的，绝对没问题。"

王寒军原本也只是口头上说说气话而已，但在鲁景廷满口答应下来之后，他觉得，即使不杀李平阳，找人收拾他一下，起码打得他几个月上不了班，他就不会拿下自己。这样一想，王寒军也就坦然了。所以，当鲁景廷提出雇用杀手需要10万元时，他想都没想就答应了。

过了几天，王寒军把10万元现金用报纸包好，给鲁景廷打了个电话，鲁景廷开车来到一厂，王寒军把现金从车窗外扔给鲁景廷，两人什么话也没说，互相心领神会地对视了一眼，鲁景廷开车一溜烟儿走了。

鲁景廷果然没有失约，不久之后，鲁景廷约见了王寒军，他说：“人已经找好了，并且已经盯上了李平阳，只要有机会就下手。”

这时候王寒军表现出少有的果断，他恨恨地说：“一不做二不休，干脆把他办了省心。”

王寒军并没有问鲁景廷找的是什么人。其实，鲁景廷找的人王寒军并不陌生，就是他在一厂的同事武国，而武国是鲁景廷的合伙人。鲁景廷也是在聊天的时候对武国说起王寒军想出钱找人收拾李平阳的，平时对李平阳不满的武国一听有钱可赚，立即想到了自己无业的弟弟武家，武家曾经先后因打架和抢劫两次被劳教和判刑，出狱后整天跟一帮狱友混在一起，也没有什么正经事情做，肥水不流外人田，这个赚钱的机会还是留给弟弟吧。

武国找到弟弟武家说：“我们厂有个人挺孙子的，有人想出钱找人收拾他一下。”

武家也没在意，随口问：“是谁啊？”

“李平阳。”武国淡淡地说。

“这人我认识，挺有能力的一个人，他不是你们研究院的副院长吗？他怎么惹你了？”

“别问那么多了，你办不办吧？你要干，人家马上就给钱。”

“办！你就别管了，我去找人办。”

两天后，武家找到了和他在监狱一起服过刑的狱友董平。这个董平因犯流氓罪、强奸罪被判处有期徒刑二十年，在监狱里待了十八年，刚刚从监狱里放出来。长期的监狱生活并没有改变他的人生态度，却把他变成了一个亡命之徒。出狱后他无所事事，也没有什么经济来源，一听武家说打人可以有钱赚，立即答应了下来。两人一起到李平阳居住的宿舍区去“踩点”，但都因为李平阳到外地出差没有等到。

就在武家准备向李平阳下手的时候，他的哥哥武国告诉鲁景廷找到人打李平阳了，鲁景廷当着他的面给王寒军打电话，在电话里王寒军说："干脆把李平阳办了就省心了！"王寒军的想法很快通过武国转达给了武家。鲁景廷从王寒军处拿的10万元"杀人经费"中，拿出1万元让武国转交给了武家。

拿到钱的武家加快了杀害李平阳的步伐，他跟董平这个很有经验的狱友密谋一番，一个杀人计划很快出笼了……

武家因为跟李平阳认识，担心自己亲自去绑架被别人认出来，于是决定找几个人先把李平阳绑架后，到郊区杀害抛尸。为此，武家准备了轿车、手铐、铁丝和封嘴巴用的胶带，甚至连杀人后将李平阳沉入水底的大力钳也准备了两台。

一切准备妥当之后，武家找到了平时游手好闲的小哥儿们胡杰说："你找几个哥儿们帮我逮个人去， 只要把欠钱的人绑上车就行，那人欠了我朋友的钱，逮着人后我给你3万元。"举手之劳就可以得到3万元，这样的好事哪里去找？胡杰几乎连想都没想就答应了，并很快找来了两个小哥儿们作为帮手。

一切准备就绪之后，董平带他们到李平阳家多次去"踩道"，还为他们提供了汽车、手铐、胶带，并教他们冒充警察绑架李平阳。胡杰他们多次到李平阳的住处附近准备绑架李平阳，都没有成功。而在这期间，王寒军一直不停地催促鲁景廷赶紧下手。

几天后，武家再次安排胡杰他们到李平阳家楼下"蹲守"，从晚上8点一直等到深夜。晚上11点左右，李平阳和妻子开车到一位职工家走访之后，回到自家楼下。李平阳刚打开车门，胡杰他们三人提着手铐就把李平阳围了起来。胡杰拍了一下李平阳的肩头说："我是公安局的，你涉嫌嫖娼，得跟我们走一趟。"还没等李平阳反应过来，他们三人就拿手铐把李平阳从背后反铐了起来。李平阳大声喊叫道："请你出示证件。”一听李平阳这样喊，他们三人连忙将李平阳推进自己的车一溜烟儿跑了。

绑架李平阳后，胡杰他们用胶带粘堵住李平阳的嘴巴，立即给武家打电话说：“人逮着了，怎么办？”武家让胡杰把李平阳拉到一个小区内，然后武家约上董平一起去实施他们的杀人计划。

胡杰把拉着李平阳的车交给武家后就带着两个哥儿们打车走了。这三个迷糊蛋直到被逮捕后才知道，他们绑架的竟然是一位高官。

武家上车后，一下子就被李平阳认了出来。李平阳当然知道武家是个什么货色，脸色已经变得青紫的李平阳努力想喊出什么来，眼睛冒着怒火一眨不眨地盯着武家。武家一看李平阳的眼神，心里直发毛，他马上拿出胶带在李平阳的头上来回缠绕，把李平阳的眼睛和鼻子全部封上。但李平阳还在努力挣扎，武家想起自己的车上有一包海洛因，他用矿泉水稀释之后，残忍地给李平阳腿部注射了毒品。一会儿，李平阳就昏迷了过去。

注射完毒品后，武家驾车带着李平阳一直往郊区开去。董平则在后座上看守昏迷的李平阳。武家等人将车开到引水渠边，这是他们事先找好的抛尸地点，他们停车后发现李平阳已经没有动静了。武家对董平说：“干脆把他扔到河里算了，是死是活就别管了。”之后，武家和董平将车上携带的两个大力钳用铁丝捆在李平阳身上，一同将李平阳扔进引水渠，然后开车逃跑了。李平阳临死时，手上的手铐一直没有摘下来。

第二天早晨 8 点钟，武家将杀害李平阳的事情告知了哥哥武国。武国随即将这个消息告知了鲁景廷，鲁景廷又告知了王寒军。武家拿到了武国从鲁景廷那里拿来的 10 万元佣金。前前后后，武家共从哥哥手里拿到 12 万元，他分别给了胡杰和董平 3 万元，自己得了 6 万元。对这个数额，武家觉得已经不少了，但他不知道，他的亲哥哥武国其实从鲁景廷那里拿到的“杀人佣金”是 16 万元，自己扣下了 4 万元。而武国更不会想到，鲁景廷先后从王寒军那里拿到的杀人佣金是100万元。甚至在李平阳被杀害几个月之后，鲁景廷还编造了杀手在杀人时受伤需要换假肢的谎言，向王寒军要钱，最后胆小怕事的王寒军只好东取西借凑了5万元给鲁景廷。

几天后，研究院年轻的副院长被绑架杀害的消息立即传开了。李平阳被胡杰他们绑架时，李平阳的爱人立即报了案。此案立即引起警方的重视，第二天，李平阳的尸体被发现，警方立即展开了调查，武家等杀人凶手落入法网。

王寒军原以为他提供杀人佣金制造的惊天大案天衣无缝，但警方很快发现了其中的蛛丝马迹。

经过慎重审理，市高级人民法院对王寒军雇凶杀害李平阳一案进行了宣判：以故意杀人罪、虚开增值税专用发票罪，两罪并罚，判处王寒军死刑，剥夺政治权利终身，并处罚金十万元；以故意杀人罪，判处武家死刑，剥夺政治权利终身；以故意杀人罪、虚开增值税专用发票罪，两罪并罚，判处被告人鲁景廷死刑，缓期两年执行，剥夺政治权利终身，并处罚金人民币十五万元；以故意杀人罪、非法持有枪支罪，两罪并罚，判处董平死刑，缓期两年执行，剥夺政治权利终身；以故意杀人罪，判处武国无期徒刑，剥夺政治权利终身；以非法拘禁罪，判处胡杰有期徒刑三年；以非法拘禁罪，判处胡杰的两名同伙有期徒刑两年。

目前来看，此类案件已算不得多么新鲜了，在网上，近年来有很多件类似的雇凶杀官事件的报道。由此看来，雇凶杀官案件的迭出也确实需要引起社会的关注。

血淋淋的屠刀架在官员的头上，上千起案件摆在那里，这说明什么？近年来发生的雇凶杀官案件，大致有这样几种类型：下级杀上级、同级杀异己、副职杀正职，偶然也有上级杀下级的。杀人动机无外两条：一为升职，二为获财，其中以升职为主。作案的手段几乎惊人雷同，雇凶的官员此前就和社会上的黑恶势力交往密切——官员为黑恶势力充当官方势力的保护伞，黑恶势力为官员充当武装势力的保护伞，遇到关键时刻，彼此都可以“两肋插刀”。

以矛盾论的眼光来看，任何人处在任何环境中，都难免会和其他人发生各种各样的矛盾，所以需要法律、法庭来调整规范，调解裁决，但是，我们现行机制总是寄希望于依靠用组织的手段、行政的手段来处理官员之间的矛盾，但事实证明，组织的、行政的手段虽然解决大批矛盾，有时却仅仅是掩盖了部分的矛盾，而激化和隐藏了更大的矛盾。这种状况是建立文明的职场秩序、追求文明的政治机制绝不允许的。消除职场危机，为官员营造一个健康的生存环境，是摆在我们面前的一项严肃课题。

第十二篇

挪用公款需罢手

小会计钟勇贪污挪用公款案，之所以震惊世人、影响巨大，是因为很少有人相信一个小小的会计竟敢贪污、挪用两个亿的公款。他的作案起因和手段，也超出了一般人的想象。

一个其貌不扬甚至有些猥琐的小会计，何以张开鲸吞之口大肆贪污挪用公款？他贪污、挪用的公款去往何方？钟勇贪污挪用2.2亿元巨款这起惊天大案的起因，竟然是为了在情人面前维护自己男人的尊严，仅仅为了挣个面子而已。

也因为这笔巨款，钟勇被判处死刑，缓期两年执行。

钟勇出生在一个高级知识分子家庭，他的父亲是一位贡献卓著的水利专家，母亲是某科学院的研究员，哥哥、姐姐一个在国外工作，一个担任某大单位的主任，都已事业有成，而钟勇被逮捕前一直是个不起眼儿的小会计。

其貌不扬的钟勇在家里排行老小，哥哥和姐姐从小都非常优秀，不但学习好，而且都相貌堂堂，这给钟勇很大的心理压力，使自卑的他从小养成了内向的性格。

身高相貌无法改变，钟勇曾经试图在学习上追赶和超越哥哥姐姐，但他的努力又失败了。姐姐大学毕业后很快成为单位里的骨干，哥哥更是远赴加拿大一所名牌大学工作。而钟勇却只是可怜巴巴地读了一个大专，毕业后到一个基金会当了个会计。

本想参加工作后靠自己的努力干出一番事业，钟勇到单位后才发现，他所在的部门除了领导，只有他和赵阳两个工作人员，比他小一岁的赵阳不仅英俊潇洒，而且还有研究生学历，比他优秀也比他更受领导器重。看来，在单位里出人头地这点小小的愿望也很难实现了，为此钟勇非常苦恼。

更让钟勇苦恼的是他的情感生活。因为其貌不扬、收入不高，亲戚朋友托了很多人给他介绍对象，女方听了他的家庭背景很不错，都同意见面，但一见钟勇窝窝囊囊的样子，却都杳如黄鹤，有的女孩甚至二话不说扭头就走。钟勇知道自己的长相和社会地位太差了，他苦恼得常常夜不能寐，后来干脆落下了个神经性失眠的毛病。

然而，更可怕的事情随之而来，由于长期的心理抑郁，还没来得及接触女人的钟勇却对女人丧失了兴趣，他惊讶地发现自己的性功能产生了问题，但钟勇并没有意识到，他的性功能障碍是因为长期的心理压抑。

钟勇成了一个其貌不扬、事业平平、性功能障碍的男人，他内心的痛苦无人知晓。为了缓解郁闷和痛苦，他把更多的精力投入到本职工作中。钟勇天资聪颖，脑子好使，对本职业务颇为钻研。在做会计工作期间，钟勇刻苦钻研业务知识，他认真的态度和老好人的性格受到了领导和同事的肯定，而他也在工作中了解到了基金会所有款项的来龙去脉，同时也发现了财务管理上的一些漏洞。

基金会是直属的事业单位，全国各科研单位的研究项目上报到基金会后，基金会组织专家评审，评审合格后给科研单位划拨经费，这些钱都是国家财政部下拨的。而申请经费的上千家机构大多是全国各高校以及各种科研单位，钟勇负责的具体工作就是向各科研单位拨款。

在向这些科研单位拨款的过程中，有的拨款因为账号错误、研究项目撤销或者地址有误，拨出去的款又被退回来，钟勇具体负责"退汇重拨"业务，就是重新核实后再次拨款，钟勇负责对这些钱记账、管理。但这些退回来的钱趴在基金会的账上，有的科研单位根本就不再指望这笔钱了，这些事情只有钟勇自己知道。所以他实际上暗地操控着约有200万元的"退汇重拨"款。钟勇虽然曾经对这些钱动过心思，但一直没敢下手。

钟勇所交往的大多是在社会上出人头地的人，这使内心自卑的他性格越来越内向。他在单位里跟同事从不多言多语，并没有引起别人的注意。但钟勇又是一个极其自尊的人，主要表现在爱面子上。因为自卑，他经常在社会上的朋友中虚张声势地说大话，甚至胡乱吹牛，称自己做什么事情都很有门路。他吹牛只是希望引起朋友的尊重，但朋友们知道三十多岁的钟勇连个女朋友都找不到，只是碍于面子过过嘴瘾而已，也都一笑了之，没有人跟钟勇较真儿。

为了表现自己的才华，自卑的钟勇在单位里时常寻找万众瞩目的机会。机会终于来了，基金会的财务人员参加全国会计师统一考试时，只有钟勇一人顺利过关。这一次钟勇大大地风光了一回，让单位的领导和同事们刮目相看。

也就是在这次会计师考试结束后，钟勇的桃花运也随之而来。基金会直属的机关服务中心会计姚小琴找到钟勇，请钟勇帮助她复习功课，准备迎接第二年考试。这也是表现自己能力的机会啊，热心肠的钟勇毫不犹豫地答应了。

钟勇满口答应帮助姚小琴的原因，还在于姚小琴是个仪态万千的成熟女人，她虽然比钟勇大3岁，但显得比钟勇年轻许多，而且长相标致、身材又好，在单位里人缘也不错，钟勇对她是倾慕已久的。能有机会给自己喜欢的美女辅导功课，何尝不是钟勇梦寐以求的事情。

钟勇工作后单独居住在一套旧房子里。姚小琴每周两次到钟勇家里请钟勇辅导功课。通过多次接触，他们慢慢变成了无话不谈的朋友。

姚小琴是个善解人意的女人，为了对钟勇的帮助表示感谢，见钟勇穿得邋遢，她就拽着钟勇去给他买来合体的衣服；见钟勇独自居住的房子乱七八糟，姚小琴把钟勇的家收拾得窗明几净；见钟勇一个人生活挺可怜，每次来补习功课，姚小琴就给钟勇买些牙膏、牙刷等日用品；到了吃饭的时间，姚小琴经常亲自下厨房为钟勇做一顿可口的饭菜。

这样的时间一直持续了半年，这让年过三十的钟勇感受到了从未有过的温情，唤起了他迟到的青春躁动。出于对姚小琴的爱恋，钟勇更加热心细致地帮助她制订了复习功课的计划，并把自己的考试经验毫无保留地告诉了姚小琴。钟勇感到，和姚小琴在一起是他人生中最快乐的时光，他希望这种快乐能够永远。于是，他一边殷勤地亲近姚小琴，一边想方设法维系他和姚小琴之间的特殊关系。

姚小琴拥有一个很好的家庭，但丈夫忙于工作很少跟她交流，使她多少有些落寞。而她偶尔通过钟勇智慧的火花看到他的聪明，钟勇跟姚小琴无话不谈，她觉得聪明绝顶的钟勇既可怜又可爱，她越来越怜惜和喜欢这个其貌不扬的男人。为了感谢钟勇，姚小琴也心甘情愿地帮助钟勇做些事情，利用补习功课的时间帮助钟勇料理家务。刚开始钟勇既心痛又甜蜜，觉得不好意思，时间久了也就慢慢习惯了被呵护和照顾。

在钟勇的倾力帮助下，经过半年的努力，姚小琴终于如愿以偿地通过了全国会计师资格考试。取得会计师资格后，姚小琴为了感谢钟勇，特意下厨为钟勇做了一桌丰盛的饭菜。三杯酒下肚，在醉眼迷离的钟勇眼里，姚小琴越来越美艳动人，心旌荡漾的钟勇再也控制不住自己，一把将姚小琴抱住，面红耳赤的他们相拥着滚到了床上。

从来不知道爱情滋味的钟勇成功地在姚小琴那里做了一回男人，此后，姚小琴的影子再也无法在钟勇的心目中抹去。但偶尔红杏出墙的姚小琴却认为，自己有家、有孩子，不该继续跟钟勇保持情人关系，她有意渐渐疏远钟勇。

但姚小琴没有想到，任是自己有铁石心肠也架不住钟勇的爱情攻势。钟勇无数次信誓旦旦地对姚小琴表示，为了捍卫他们爱情的纯洁，他决定终身不娶，也不要求姚小琴离婚，他只央求姚小琴不要和他断绝关系，只求姚小琴有时间就到家里“关心”他一下。

钟勇施展出所有他能够想到的招数向姚小琴大献殷勤，最终还是俘获了姚小琴的心。

可是，一个既无财又无貌的小会计拿什么来笼络这位多情的美人呢？钟勇想到了他控制下的“退汇重拨”款。

为了博得姚小琴的欢心，钟勇非常神秘地对姚小琴吹嘘自己手头有一大笔巨款。他对姚小琴说，他的一个朋友过去是做投资生意的，曾经集资了一大笔钱，还没来得及动用这笔钱，这个朋友就出车祸死了，如今这笔钱就在他的账号上。有了这笔钱，他就是“国内首富”了。

为了表明自己的“国内首富”身份，为了在姚小琴和他的家人面前撑面子，也为了证明自己确实有钱，钟勇决定展示一下自己的“实力”。他决定送一笔钱给姚小琴，他让姚小琴找个账号，声称要划拨一笔钱过去。姚小琴就找到自己的哥哥姚小剑，而姚小剑也很快把一个其他的账号告诉了钟勇，钟勇随即把 137 万元转到了那个账户上。

钟勇怎么会一下子拨出 137 万元的巨款呢？其实，在与姚小琴成为情人之前，钟勇已经开始打过公款的主意，在怎样利用手中权力敛财上动过歪脑筋。而且小试牛刀便有大大的斩获，钟勇的牛刀小试便得到接近 300 万元的“好处”。

钟勇跟同学陶然聊天时说大话称自己能搞到巨款。陶然当时正跟自己的姐夫一起做生意，有个很好的项目正有很大的资金缺口，听到钟勇吹嘘自己手头上有几千万元的闲置资金可以借给他。陶然马上说他的公司正好缺少资金，如果钟勇能搞到一千万元借款，他的公司可以出高利息借贷。

本来是吹牛的事情，没想到他的同学当真了。这下钟勇为难了，虽然他掌握着单位里数亿元的资金划拨，但那是公款，再说他自己一个人也倒腾不出来。但是，大话既然说出去了，钟勇只好硬着头皮去干。

通过正常渠道借钱当然不可能。钟勇无奈之下动起了歪点子，他跟负责存款业务的出纳赵阳商量私下将钱款借给同学，但被赵阳回绝了。但钟勇非常执着地劝说赵阳，还特意把赵阳约到饭店与他的同学陶然商量。这次交谈他们一拍即合，最后商定先找一家银行把基金会的1000万元公款存入，然后提供给对方的私人企业用于经营活动。两人向陶然提出条件：一是所付利息必须是现金；二是要由陶然的企业出资让他俩出国玩一趟。陶然同意后，他们便以基金会的名义同对方企业签了个借款协议。由赵阳偷盖公章、开支票，钟勇办理具体手续，擅自把1000万元资金打到某银行，然后几经周折打到了陶然公司的账户上。这笔钱“体外循环”了两年多，才回到基金会的账户上。这次的举动不仅为陶然的企业赚了大钱，也给钟勇带来了294.5万元的丰厚利息。

拿到这笔巨额利息后，胆小怕事的赵阳非常担心，他不敢动一分钱，而是把这笔现金全部放在办公室的保险柜里，以备东窗事发后拿出来顶罪。直到几年后因为他们单位被诈骗，他俩担心这笔巨款放在单位里出事，连忙把现金转移到钟勇的家中。就这样赵阳仍然不放心，他多次对钟勇说：“这钱不是你的，也不是我的，你千万不要动。”

这笔钱像一颗定时炸弹悬在赵阳的心里，他时刻提心吊胆，晚上睡觉时常常被噩梦惊醒，身体也因此垮了下来，还患上了神经性失眠症。他不敢动这笔钱，当上副处长之后仍然多次提醒钟勇千万不要动那笔钱，一旦出事好拿出来顶罪。后来钟勇出事后赵阳主动投案自首，也因此只被判了八年有期徒刑。

在赵阳时常战战兢兢的提醒下，钟勇为了证明他确实没有动这笔钱，专门拿出其中的一万元现金给赵阳看，赵阳这才稍稍放心了。因为当时他们收的现金是老版本的百元大钞，后来换新版本的时候赵阳也没敢让钟勇去换。

但赵阳并不知道，钟勇和姚小琴暗度陈仓之后，也把这笔钱“暗度陈仓”了。这笔不到300万元的利息几经钟勇“借花献佛”后就所剩无几了。

小试牛刀便大获全胜，他们挪用公款并没有引起旁人的怀疑，钟勇的胆子也由老鼠变成了猫。尤其是钟勇和自己的顶头上司赵阳曾经合伙挪用过公款，他在以后挪用公款中更加肆无忌惮。而赵阳的小辫子抓在钟勇手上，也只好睁一只眼闭一只眼。

钟勇明白，凭自己的条件，不可能长期拥有姚小琴，她迟早会离开自己的。尤其是后来姚小琴担任了一个部门的主任，与钟勇的悬殊更大了。那么，靠什么办法长期把姚小琴留在自己身边呢？

为了稳固和姚小琴的关系，钟勇想方设法通过姚小琴认识了姚小琴的哥哥和妹妹，姚小琴也向哥哥、妹妹暗示了她与钟勇的情人关系。姚小琴的哥哥姚小剑加入美国国籍，是驻中国一家公司的副总裁，妹妹姚小箫在日本开了一家美容院，他们的观念都很前卫，听姚小琴说钟勇是个很有能力的人，尤其是钟勇一下子就把137万元打到姚小剑的账户上，看来此言不虚，所以他们并没有反对他俩的不正当关系，由此，钟勇和姚小琴的情人关系进一步明朗和稳定。

为了在姚小琴家人面前显示他的“富豪”派头，撑起自己的面子，钟勇开始疯狂地贪污、挪用公款。他的作案手段狡猾多变，一次，为了挪用一笔20余万元的公款不被发现，他甚至先后转账20多次才转到自己名下。

为了维持和姚小琴的情人关系，钟勇除了给她买名贵首饰、送豪华住宅和轿车之外，他最大的动作是接二连三地将巨额公款挪用给姚小剑使用。对于拥有美籍华人身份回国创业的姚小剑而言，成立属于自己的公司开创一番事业是他求之不得的事情，钟勇的出现使他看到了机会。姚小剑毫不犹豫地注册了东方旭阳公司，而这个公司从注册资金到以后所有的运作经费，几乎全部是钟勇从基金会的公款中挪用的。

钟勇利用伪造给受资助单位拨款的进账单做账等手段，先后多次将公款挪用到姚小剑的公司，其中最大的一笔是6000万元，总额超过1亿元。钟勇还五次将项目经费共计714万余元予以截留，以姚小琴妹妹姚小箫的名义存入银行，最后再转到自己手中。

如此这般，钟勇在担任基金会会计期间，采用虚构拨款事实，伪造财务、银行对账单，削减拨款金额等手段，涉嫌贪污、挪用公款共计2.2亿余元。

钟勇数次挪用公款给姚小剑，主要原因还在于他求着姚小剑替自己在姚小琴面前说好话。钟勇和姚小琴在长达八年的情人生活中，并不是一帆风顺，他们经常发生一些口角。尤其是钟勇经常打电话让姚小琴到家里“关心”他，但姚小琴有时候确实无法分身，钟勇就不厌其烦地给姚小琴打电话，经常一打就是十几个，很让姚小琴恼火。两人争吵起来，姚小琴就连续一两个月不理钟勇。钟勇就只好央求姚小剑出面，每次姚小剑出面斡旋后，钟勇就更加殷勤地用公款去讨好姚小剑。钟勇明白，只要与姚小剑保持亲密联系，就等于跟姚小琴的关系上了保险。

而钟勇在挪用公款过程中，有时候为了安全，要把打到他账号里的钱很快转出去，或者姚小剑需要钱时钟勇一下子无法满足他，姚小剑就找姚小琴，姚小琴就跟钟勇撒娇或者争吵，为了不让情人伤心，钟勇只好一次次铤而走险挪用公款。

钟勇知道自己的所作所为一旦暴露，必将面临灭顶之灾。在为了面子挪用公款的同时，他还在为自己寻找后路，他多次将大量资金打入姚小箫的账户。如果事情败露他可以立即逃往日本，希望用这笔钱度过后半生。

就这样，钟勇成了姚小琴兄妹的取款机，八年的时间，钟勇已经心力交瘁。然而，可悲的是，钟勇如此疯狂地贪污挪用公款并不是为了自己挥霍，而是全部花在了面子上。在女友面前自诩是“国内首富”的钟勇生活十分俭朴，他穿着朴素，中午吃盒饭，骑自行车上下班。自己的住房仍然是父母留给他的单位宿舍，房间里只有几样简陋的家具和电器。

而钟勇大肆挪用公款获得的好处，除了他和赵阳挪用的1000万元得到294.5万元的利息被他们贪污外，就是以姚小箫的名字为姚小琴买的两套房子和一辆轿车，而且也算不上什么豪宅，剩下的钱都以姚小箫的名义存入了银行。

钟勇一次次将黑手伸向科研经费，终于有一次露出了马脚。他在拨出一笔2090万元的项目款给一家科研单位时，又私自将其中的1713.6万元挪到了某公司账户内，准备用于注册一家投资管理公司。不料，这家科研单位及时向基金会做出了反映，称他们根本没有收到过这笔项目款。于是，这笔下拨款尚未来得及修改银行对账单就被发现了。

这一天，钟勇正和姚小琴逛街，他突然接到单位同事的电话，原来，细心的同事发现一笔2090万元的巨款没有打到应拨单位的账户上，连忙找钟勇查询。

只有钟勇知道这笔钱挪用给了姚小剑，他立即给姚小剑打电话，但姚小剑只是在电话里说了一句“这事我知道了”，随后便关机了，此后杳无音信。

无计可施的钟勇连忙凑了8万元，准备封住同事的嘴。但2090万元的科研经费不翼而飞让单位领导大惊失色。基金会向人民检察院报案，称钟勇有挪用公款的重大嫌疑。

一笔就挪用公款2000多万元，案情重大！检察院领导立即让两位检察人员开车跟随报案人员前往基金会。到了基金会纪检办公室，早已等候在这里的钟勇便马上向检察人员主动承认说：“我真的只做了这一次，就被发现了。钱我马上就可以要回来……”

但两位检察人员凭着多年的办案经验观察出：“这小子肯定还有事。”因为钟勇的神色越来越紧张。当天，检察院便成立了由检察长牵头的专案组，对此案予以立案侦查。

傍晚时分，检察人员把钟勇请到了检察院。“钟勇，你做的事最好自己说清楚，这样对你有好处。”坐在提讯室里的检察人员厉声警告他。

“我真的就这一笔，钱我保证马上退回来……”钟勇仍是一口咬定只此一回。

“你身上的银行对账单和转账支票是怎么回事？”检察人员沉默了一会儿后突然发问。

“我……我昨天下班走得仓促，忘了放办公室了……”钟勇支支吾吾地回答说。

“几千万的转账支票就随便带在身上，你敢说是忘了？”这下似乎点中了钟勇的穴位，他哑口无言。

在讯问过程中，细心的检察人员发现，钟勇身上带着一张基金会的银行对账单和一张某建筑装饰工程有限公司的转账支票。于是，他们决定从此打开缺口。

“你现在不说，我们从银行也可以查出来，那时候你再说可就晚了……”干了多年会计的钟勇自然懂得这一手的厉害，脸上便开始冒汗，过了一会儿，他突然央求说：“能不能给我一支烟？”

检察人员点燃一支烟递到他手中，钟勇用力吸了一口后便开始交代挪用2090万元公款的犯罪事实。后来，检察人员经过查账，又发现了钟勇有挪用公款6000余万元给某建筑装饰工程有限公司使用的犯罪嫌疑。事不宜迟，专案组领导决定当晚拘捕涉嫌和钟勇共同挪用公款的公司经理杜某。

检察人员让钟勇用手机约杜某到钟勇的住所谈事情。而后，一辆地方牌照的面包车驶出了检察院的大门，停在了一个小区门口。

入夜时分，大街上显得十分冷清。换上小区保安服装的检察人员警惕地注视着杜某的到来。但是杜某并没有如约出现，却有一辆可疑的轿车在小区门前来回逡巡。开车的是个中年女子，车里还坐着个老太太。检察人员截住这辆轿车后对中年女子进行盘问，这才证实中年女子原来就是钟勇的女友姚小琴，同车的老太太则是杜某的母亲。因为杜某从钟勇打电话的声音中察觉钟勇可能已经被控制了，连忙让姚小琴带着母亲假装“兜风”前来打探情况。

随即，检察人员马上赶往杜某的建筑公司，不但证实了钟勇挪用6000万元公款给公司使用的犯罪事实，还当即从该公司追缴了案款1100万元。至此，钟勇挪用公款的数额从2090万元猛增到1.5亿元，随后又突破了2亿元；贪污数额突破了1000万元。

就在案发前夕，钟勇已经办好了日本护照，随时准备逃往国外。正是检察机关以迅雷不及掩耳之势侦破了此案，他的“出国”计划才没有得逞。

而姚小琴被“请”到检察院之后，她只承认与钟勇的情人关系，因为钟勇挪用公款所买的东西都是以姚小箫的名义。至于钟勇贪污、挪用公款的情况，姚小琴表示不了解内情。而在钟勇案件开庭前，姚小琴已被取保候审，她的哥哥、妹妹则已出国。

多情的钟勇只好独自走上法庭接受审判，好在陪伴他的还有自己的顶头上司赵阳，赵阳在钟勇出事后到检察机关自首了。

经过七个多月的侦查，检察机关查明：钟勇在担任基金会出纳和会计期间，利用职务上的便利，分别采取伪造银行信用凭证、电汇凭证、进账单等手段贪污公款高达1262.37万元，另外还单独或伙同他人将公款20993.3万元挪用给他人进行经营活动。

钟勇对自己犯下的惊天大案要承担的法律责任心知肚明。有时为了排解压力，他对提讯的检察人员开玩笑说：“我知道我的案子无解（指可能会判死刑）。”

市第一中级人民法院开庭审理钟勇贪污、挪用公款一案。由于这起案件对基金会的影响很大，基金会特意组织纪检和财务人员前来旁听。

身材矮小的钟勇站在法庭上显得更加渺小，这个平时极不起眼儿的男人用2亿元公款粉饰自己的面子。现在他终于黄粱梦醒，满脸悔意地站在市第一中级人民法院的被告席上。

公诉人宣读完起诉书后，主审法官问钟勇，起诉书指控你贪污、挪用公款的事实是否属实？钟勇回答：“属实。”随后，他在公诉人的提问下概括地陈述了自己与赵阳共同挪用1000万元公款的事实。当公诉人问到他挪用公款犯罪的经过时，钟勇沉默许久后才说：“时间太长了，我也记不清楚了。”当问及是否与其他人共谋时，钟勇立即否认，强调这一切都是他的“个人行为”。他不时地为同案犯赵阳和自己的女友姚小琴及其家人等涉嫌人员百般开脱，声称自己的贪污、挪用行为“与他们无关”。

当公诉人询问钟勇目前尚未追缴的800余万元赃款去向时，钟勇说，除去被追缴的钱，他买了两套房子和一辆丰田轿车，剩下的钱都以姚小琴家人的名义存入了银行。他自己没有在那个存折里提过钱。他甚至“委屈”地说，由于这两亿多巨款只能存在别人名下，实际上自己并没有花多少。

最终，市第一中级人民法院对钟勇贪污、挪用公款案做出判决，法院鉴于钟勇在被抓获后能够如实供述所犯罪行，认罪态度较好，且大部分赃款已追缴，以贪污罪、挪用公款罪，一审判处被告人钟勇死刑，缓期两年执行，剥夺政治权利终身，并处没收个人全部财产。同案的赵阳被判处有期徒刑八年。

在不少报道中，媒体均用“小会计”来形容钟勇，不屑之情淋漓尽致。要说职务，钟勇顶多就是主任科员，是够小的了，不过，能够贪污过千万，挪用2亿多公款的会计，说“小”是委屈他了。

以前人们常用“牛栏关猫”来形容制度漏洞，八年不用查账，让会计贪足千万、挪用2亿之后才发现，这个“牛栏”的栏栅足以让飞机出入了。“小会计”遇上“大黑洞”，不出事才怪呢！

不该发生的都发生了，钟勇也将吃下自己栽种的恶果，再指摘他的职业操守，似乎没有太多的意义了。现在我们要做的只有追究责任，完善机制，亡羊补牢。

一名普通会计，自诩“国内首富”，倒也不是吹牛，腰包里头装着贪污、挪用的2亿多元公款，还能不是“国内首富”吗？其实，真正匪夷所思的，乃是在长达八年的时间里，钟勇为什么能把公家的账户当成了自家的钱柜，想贪污就贪污，想挪用就挪用，总之是愿意什么时候拿就什么时候拿，愿意拿多少就拿多少而不被发现？这起骇人听闻的案子的“合理”之处，就是财务漏洞。据检察机关调查，该基金会会计部门账目极其混乱，在钟勇挪用公款的八年间，主管部门没有很好地查过财务账。

随心所欲地从公家账户中拿钱的自然也并非钟勇一人。青岛一家企业的年轻女会计，从她上班半年后就开始拿钱，整整拿了五年多，拿了就花，花了再拿，用她自己的话讲，已是“不能不拿”，因为“拿了也白拿，不拿白不拿，白拿谁不拿”，所以就拿了并且一拿而不可收拾。其实，“不能不拿”的也不只是钟勇和这个女会计，几乎所有的贪污分子，都演绎过从“拿了也白拿”到“不拿白不拿”的轨迹。

而耐人寻味的又是，一旦东窗事发，贪污分子落网，在有关方面关于案子的说法中，概无例外地都有“贪污分子利用职务之便”一说。贪污分子吞噬公款，当然是利用了一些什么的，但是这个“之便”，真的是“职务”吗？会计是一种职务，然而这个职务要是与贪污“之便”画上等号，那岂不意味着除非取消会计这个职务，否则就无法遏制贪污。换句话讲，既然会计这个职务不能没有，那么贪污“之便”也必然如影随形。由此可见，倘若按着“贪污分子利用职务之便”这个思路走，那么就只能走进永远走不出去的死胡同。

贪污分子利用的不是职务，而是这个职务上的漏洞。以钟勇一案为例，基金会财务制度管理不规范和基金审批与监管环节中漏洞百出，钟勇给我们上了一课，告诉了我们，他是利用什么“之便”由普通会计变成“国内首富”的。

根据审判实践，我们可以发现职务犯罪呈现五大特点。首先，罪犯呈现低龄化趋势。犯罪人的年龄大多在30岁至50岁之间，明显呈现低龄化趋势。

其次是“两高”趋势严重。在这些罪犯中，具有大专以上学历的占总人数的80%，有向高学历、高智商发展的趋势。

第三是领导干部和财务人员涉案居多。国有企业人员职务犯罪的发案率约为60%，其中大多数是董事长、经理等。

第四是犯罪手段智能化。犯罪手段由单一向复杂、隐蔽、智能化方向发展。犯罪人使用的犯罪手段已从过去简单的以权谋私和监守自盗，转向运用专业知识、相关业务程序、制度漏洞进行作案，犯罪的隐蔽性逐步增强。

第五是犯罪金额越来越大。近几年犯罪金额上千万元的特大案件已不鲜见。

小会计，小出纳，职务不高，但责任重大。国家财会人员在西方被称为“经济警察”，承担的是维护经济安全的职责。但近来我们看到，不少这样的“经济警察”却成了“经济硕鼠”，人们不禁对“会计”“出纳”这两个字眼儿产生很大的疑问：到底是什么让这些人一个个“前腐后继”？

从那些已受到惩罚的犯罪者的经历中，我们能够看到，当一个人无法正视身边种种诱惑的时候，当一个人无法处理诸多角色错位的时候，违法犯罪是一种必然。从“经济警察”到“经济硕鼠”也只有一步之遥，究其原因，在于他们心理的错位。

一是失衡心理、贪婪欲望的驱使。贪利是人性的弱点，在市场经济的冲击下，梦想自己一夜致富成为“人上人”的拜金主义使许多人不能正确面对现实，心理失衡，滑向犯罪的深渊——为筹集资金，他们利用手中权力，大肆贪污、挪用公款。

二是畸形婚恋情的影响。会计、出纳成为大贪的一个重要驱动力便是“畸形的婚恋情”。一些会计、出纳深陷畸形的情感泥潭，不惜为其丈夫、妻子或恋人“雪中送炭”，把自己也送入了犯罪的泥潭。

三是侥幸心理作怪。当前的财会人员一般具有较高的素质，总以为自己的“聪明才智”会做得滴水不漏。侥幸心理的另一种表现形式是以为自己能很快填补上漏洞，如一公司的会计为赌球挪用了巨额资金，还安慰自己说“赌球回收快、见效高，一赢就可以把所有的漏洞都补上了”。

第十三篇

商业贿赂不应该

重拳打击商业贿赂，是司法机关反腐败斗争的重中之重。在令人震惊的商业贿赂案中，某银行京北分行科技处处长郑海旭荣登榜首，他也是司法机关重拳打击商业贿赂犯罪以来第一个被判处死刑的官员。

一个小小的银行科技处处长，为何敢张开鲸吞之口六年索要回扣1075万元？郑海旭索贿、贪污上千万元，并给自己买了价值3000多万元豪宅，为什么却在法庭上辩解说自己在为员工谋福利？仿佛只有与众不同，才能脱颖而出。我们相信郑海旭这个电脑天才明白这个道理，所以即使死到临头，也要说出一句“名言”留于后世，这是郑海旭最后的悲情表演，更彰显其丑态与悲哀。

郑海旭在银行系统是赫赫有名的电脑天才，无论在专业领域还是在仕途上，他都是属于领导赏识、同事羡慕的幸运者。但郑海旭与众不同的是，他没有留恋仕途，而是专注于自己的专业，试图在电脑领域成为国内凤毛麟角的人物。郑海旭担任副处长之后，赴澳大利亚留学，攻读应用电子专业硕士学位。毕业回国后，他和妻子一起创办了一家科技公司。但是，尽管郑海旭在专业领域堪称天才，但真正当起公司老板来却困难重重。公司做了几年也不见起色，这时候他开始后悔轻易放弃了副处长的位置。

仿佛上天眷顾，某银行引进科技人才，郑海旭得知这个消息后前往应聘，凭着曾经担任副处长和在国外获得电子专业硕士学位的优势，郑海旭重新回到银行系统，担任某银行京北分行科技处总工程师，享受正处级待遇。

郑海旭把自己开办的公司交给妻子打理，重返银行系统专心致志地当起了总工程师。当时在京北分行中，郑海旭是计算机技术的一流高手，为单位的技术保障立下了汗马功劳。客观地说，郑海旭是个难得的专业人才。在领导和同事眼里，他为人内敛但非常聪明，银行里的电脑一旦出现意外故障，他都能迎刃而解。由于郑海旭在业务上表现出的高超才能，加上曾经下海开办过公司，他很快就从一名技术人员被提拔到领导岗位上。

科技处是京北分行的一个部门，与京北分行下属的京北创达思信电脑公司是两块牌子、一套人马，主要职能是负责分行系统计算机和网络系统的技术支持，负责设备、软件的采购。

郑海旭刚到科技处时，处里只有由二三十人，随着银行系统电脑的普遍使用和银行网络的发展，科技处也发展壮大到八九十人，科技处处长成为本单位内部一个炙手可热的位置。但是，郑海旭看重这个位置却并不仅仅因为这是一个处级干部，而是这个位置所掌握的实权，以及实权背后蕴藏着的巨大利益。这个利益就是购买电子设备时的回扣，在圈内，这种回扣几乎是一种人人遵循的游戏规则。况且，郑海旭亦官亦商，既有采购权力又熟悉市场行情，对于收受回扣的额度自然拿捏得非常准确。

科技处除了日常对银行系统计算机和网络系统提供技术支持和维护管理外，大量的设备采购也根据银行的需要购买。无论以银行、科技处或京北创达思信的名义对外采购，都需要处长郑海旭签字后，上报主管行长审批之后，就可以与供货方签订供货合同。至于设备的价格，因为每一款产品不一样，加上电子产品价格瞬息万变，主管行长不可能了解得很清楚，只要价格差别不大就容易蒙混过关，而郑海旭却对此了如指掌。

国内电子市场的竞争异常激烈，对郑海旭而言，他掌握着上亿元的采购大权，而且供货方多如牛毛，买方市场却很少，尤其像郑海旭这样的实权人物，更是众多供货商公关的目标。

电子产品销售一般都是先签合同，供货后再付款。供货商们总是千方百计地卖完设备和软件，再千辛万苦地想方设法及时收回货款，加上此后的设备维修、软件升级、售后服务、新项目开发，对供货商来说都意味着巨大的商机。所以，谁能够巴结郑海旭这个实权人物，也就意味着财源滚滚。

但是，供货商们只把郑海旭当作一个机关处长，却往往低估了郑海旭的专业天才，因为每份订单背后有多少利润他都能估算得非常准确。而从中索要多少回扣以及索要的时机，郑海旭也掌握得非常精确。

作为银行系统一名中层管理人员，郑海旭的收入应该说是不算低的，仅住房一项，他就曾分到了两套住房。但车房俱备的小康安逸生活，并没让郑海旭感到满足。对金钱没有克制的贪婪与渴望，让郑海旭的道德防线完全崩溃。怎样利用手中职权为自己多捞钱，成了郑海旭梦寐以求的大业务，这位电脑天才很快就成了一个贪得无厌的敛财高手。

在竞争日趋激烈的形势下，为拿到一张订单，许多供货商往往不择手段，而那些手握采购审核大权的人借此轻松捞一笔，这就是采购之外的潜规则。这种行业回扣，一方是巴不得送，一方是巴不得要，两个巴掌一拍即合。

郑海旭自己开过公司，自然明白如何收取回扣才不露痕迹。而且，郑海旭很不屑于要个十万八万的零花钱，他出手从来都是大手笔，而且操作起来也足见其智商之高。

当上科技处长，大权在握后，为了给自己索要的回扣提供一个存钱的“保险柜”，他立即让自己的侄子在某证券公司开设账户，其后郑海旭将索取的回扣陆续存入这个账号。后来为掩人耳目，郑海旭还让侄子用一个吴姓同学身份证开了一个活期账户，将从营业部账户中兑现的现金存进该账户，再转入其他账户。如此一来，郑海旭建立了一个颇为隐蔽的回扣转移渠道，赃款几经转手后就没有了痕迹，为他日后大肆收受商业贿赂打下了屏障。

在京北分行与某公司签订一份合同后不久，郑海旭就主动打电话给这家公司的老总，在一两句似是而非的客套话之后，那位老总明白了郑海旭的意思：他要这个项目利润的三分之二！

这简直是敲竹杠啊！第一次合作竟敢如此张开鲸吞之口，那位久经商场的经理也觉得罕逢对手，他为难地说：“这个项目我们本身也没赚多少钱啊，再说，我们拿出几十万给您，公司做账也有困难啊！”

郑海旭很讲究策略，他不紧不慢地开导说：“你把眼光放远一点嘛，这件事情你答应了呢，我们就是朋友，合同款会很痛快地给你打过来，以后有的是业务给你做。”

郑海旭甚至点拨那位老总说：“发票的事情没有关系，我可以找一家公司签一个分包合同，让另外一家公司开可以做账的发票。”

为了顺利拿到钱，郑海旭甚至以非常同情的口吻说：“回扣款可以在我们付给你合同款之后给我，而且可以按分期付款的方式分次给付。”

眼见大权在握的郑海旭如此善解人意，再不答应实在就是榆木疙瘩了，无奈之下，那位经理只好乖乖拿出了他们三分之二的利润。很快，一张 40 万元的转账支票顺利地转入郑海旭侄子开设的账户中。

而这只是郑海旭的小试牛刀。

此后，郑海旭受贿的全是上百万元的大手笔。用类似的方式，在郑海旭的威逼利诱下，一个个业务单位的一笔笔回扣款流进了他个人的腰包。在被郑海旭敲过竹杠的公司中，甚至还包括国内赫赫有名的大公司。

在事发后法院认定的郑海旭收受商业贿赂事实主要如下：郑海旭利用担任 分行信息电脑中心主任、总经理、科技处处长及京北金信思创科技有限公司法定代表人，负责主管本单位电子化设备及软件采购、审核的职务便利，先后多次向业务关系单位索取钱款，其中向某商用信息系统有限公司索取人民币 255.5 万余元；向某信息技术有限公司索取人民币 279.8 万余元；向某科技股份有限公司索取人民币 300.5 万元，等等，索取款项共计人民币 1073 万余元。

另外，郑海旭在采购 ATM 自动柜员机的过程中，采用欺骗的手段，将本单位公款共计人民币 432 万余元非法占有。

六年下来，郑海旭共索取商业贿赂款 1073 万元，贪污公款 432 万元。涉案金额竟然达 1505 万元！有专业人士计算过，郑海旭受贿、贪污数额竟占了京北分行与这些公司所签订合同总额的八分之一！

与其他贪官不同的是，极具商业意识的郑海旭从业务单位收受的回扣和贪污的钱，并没有挥霍或者转移到境外，而是用这些钱进行房地产投资。郑海旭把贪污和受贿的钱，陆续投入京北最繁华的商圈和阳光 100 的三套房产里面。

在郑海旭屡屡得手，收取了大量的回扣的同时，他也为彻底埋葬自己掘下了坟墓。京北分行就曾收到一封匿名检举信，称郑海旭向业务单位索要回扣。为此，主管副行长曾专门找郑海旭谈话，但郑海旭矢口否认，没有承认收受回扣一事。

接着，市人民检察院第一分院接到一封举报信，举报郑海旭用巨资购买的商品房，其支出明显超过了合法收入。根据举报线索，办案人员迅速前往房地产公司进行查证。房地产公司的财务资料显示：郑海旭以其妻子的名义购买了上千平方米、价值 3400 万元的三套预售商品铺面房，已付款 3200 余万元。而支付购房款项却来源不一：除了银行贷款、少量现金之外，还有大量支票付款及境外汇款。

让办案人员纳闷儿的是，一个银行的处长哪来这么多钱？办案人员决定逐项查清资金来源。在对一笔以吴某名字还房贷 100 万元的款项进行查证时，通过银行调取录像，侦察员意外地发现交款的是两个人，其中一个戴着眼镜、手拿装满现金手提包的中年男人正是郑海旭！

检察官们迅速找到郑海旭的妻子，就购买房产一事进行核实。其妻证实，3000余万元房款主要是郑海旭出的，至于他哪来的钱，她并不清楚。

郑海旭因涉嫌巨额财产来源不明罪被市人民检察院依法逮捕。在郑海旭被拘捕前，他与妻子签订了一份离婚协议，对这三套商品房的最后分配，其中一套价值 1600 余万元商品房归妻子所有，而这三套房产的房款里，究竟有多少是郑海旭妻子的投入，郑海旭说不清楚。但是，有据可查的是，郑海旭把受贿和贪污的公款，几乎全部投入这三套商品房里了。

郑海旭被拘捕后，面对如山铁证，他百般开脱自己。他所列举的索要回扣的理由荒唐可笑：一是想从业务单位要回扣，用来稳定技术人员的队伍，提高福利待遇。二是考虑是科技处公司化运作，科技处的人员从公司拿工资、费用的做法在银行内部争议很大，不会长久。三是每次各个分行的科技处长会议中，都会讨论如何稳定科技队伍的做法。郑海旭想采用收取回扣的做法，用来稳定科技队伍。还有一个考虑是科技处的一些大学生都跳槽了，很可惜，他想把从业务单位要来的回扣，变成一个合理合法的形式，成立一种什么基金，对有贡献的科技人员进行补贴，作为稳定队伍的一个保证。

郑海旭当然不是活雷锋，如果是为单位谋利益，他何必费那么大的心机？何必要以触犯法律为代价？这些辩解听起来是那么荒唐可笑。

更可笑的是郑海旭自己认为收受回扣只是“商业惯例”而已，他认为自己拿的不是国家的钱，银行与业务单位签订的合同价格都是在总行规定的允许范围之内的，他要的钱都是供货方的利润的一部分，没有给国家、给银行带来损失。郑海旭难道不明白，这已经不是损失的问题，而是犯罪的问题？

眼看纸里包不住火了，郑海旭还天真地说：“我愿意把向供货方索取的钱款全部退出来。同时我希望司法机关在处理我的问题时考虑到我的贡献，考虑到我拿的业务单位的钱没有给分行造成损失，从轻处理。”

郑海旭被逮捕，经过十个多月的艰苦奋战后，侦查员终于彻底查证数百笔与购房有关的往来款项。郑海旭共索取贿赂款 1073 万元、贪污公款 432 万元的犯罪事实也清晰起来。很快，郑海旭被起诉到了法院。

市第一中级人民法院公开审理了此案。在法庭上，郑海旭仍然进行最后的狡辩，把自己向业务单位索要回扣、贪污说成是想办基金会，为单位职工谋福利，试图减轻自己的罪责。

在法庭审理中，文质彬彬的郑海旭不停地搓着双手，在被告席上挪动着身体。这位手握大权的处长，多次为自己的敛财行为进行可笑的辩解。

“我要的这 1000 多万是利润返还款，没有损害国家利益，更不是为了自己，我是为了单位员工谋福利。”郑海旭说，“科技处近 100 名员工的福利、车辆、奖金等开支，月初我要考虑这些工资从哪儿出，月底要考虑奖金从哪儿出。”

在采购电脑等设备的过程中，郑海旭说自己是以单位负责人的身份向供货商要了四五次钱，他说供货商之所以愿意给钱，是为了培育市场，建立长期合作关系。但是，自称是为员工谋福利的郑海旭在拿了钱后，却把钱转入用其妻子名义购买的商品房账下。

好一个一心为职工着想的好领导！好官员！甘愿冒着以身试法的危险，为职工绞尽脑汁“收受”巨额贿赂。

当审判长一针见血地问他：“既然是为了职工，那么单位的其他领导知道此事吗？单位如何向你讨回这笔钱呢？”郑海旭想了好一会儿才回答说：“单位没有其他人知道此事。”

为部下谋福利何必遮遮掩掩？郑海旭的辩解不能获公诉人的认可，因为他如果是代表单位向供货商要钱，完全可以在供货商要平账时出具单位的发票，而他却私下通过一个朋友的公司出具发票，并给了朋友手续费。公诉人认为，郑海旭身为国家工作人员，索取他人财物，贪污公款，已构成受贿罪和贪污罪。

经过两天的连续审理，法院认定：郑海旭先后多次向业务关系单位索取钱款，共计 1073 万元。在采购 ATM 自动柜员机的过程中，采用欺骗的手段，将本单位公款共计人民币 432 万余元非法占有，并利用这 1500 万元，以妻子的名义购买了一套房子。

法院认为，被告人郑海旭身为国家工作人员，利用职务上的便利，索取他人财物，其行为已构成受贿罪；身为国家工作人员，利用职务上的便利，采用欺骗的手段，非法占有公共财物，其行为亦构成贪污罪。郑海旭所犯受贿罪、贪污罪的数额特别巨大，情节特别严重。其所犯受贿罪的罪行严重侵害了国家工作人员职务的廉洁性，且具有索贿情节，依法应予从重处罚；所犯贪污罪的罪行亦极其严重，本应判处死刑，鉴于所贪污的公款已被追缴，对其所犯贪污罪可不立即执行。

市第一中级人民法院对郑海旭贪污、受贿一案做出一审判决。以受贿罪、贪污罪，数罪并罚，判处被告人郑海旭死刑，剥夺政治权利终身，并处没收个人全部财产。一审判决后，郑海旭向市高级人民法院提起上诉。

市高级人民法院终审驳回了郑海旭的上诉，维持了一审判决。

“我唯一的错误就是没有很好地保护我自己。”在被宣判死刑后，郑海旭表示要上诉，他仍然坚持认为自己的行为是受社会风气和商业惯例的驱使。

郑海旭的发家和破灭史是一部生动的商业贿赂反面教材，它说明：打击商业贿赂，首先要从“实权人物”身上开刀。

为什么郑海旭能频频从别人的口袋里掏钱？诚如一位私企经理所言：市场竞争太残酷，谁愿意得罪郑海旭这个实权人物呢！很显然，正因为希望得到郑海旭这个“实权人物”的帮助，在残酷的市场竞争中立于不败之地，大多数生意伙伴才不得不委曲求全，把白花花的银子奉送到郑海旭的手中。

像郑海旭一样，在医疗、电信、金融、建筑等诸多行业中，也都存在着一些“实权人物”，他们具有几个显著特点。

第一，“实权人物”官位并不大，但所在岗位却很要害，具有较强的审批权、决定权，在行业内的企业一般得罪不起。郑海旭所在的科技处负责京北分行系统电脑设备、软件的采购，其本人则对上述业务进行审核、管理，岗位着实要害。

第二，“实权人物”往往负责大额公共资金的投向和兑现，具有较大的财权。郑海旭与供货方签合同一签就是几百万元，在生意伙伴看来，他就是个财神爷。正如一位私企经理所言：“老郑每次向我们要钱都是在合同签订后、银行付款前，他就是抓住了我们的心理。”郑海旭正是牢牢抓住了这个财务大权，才能让生意伙伴甘心受其宰割。

第三，“实权人物”所从事的工作通常具有一定的专业性，外人难以染指。如郑海旭所在的科技处，负责京北分行系统计算机和网络系统的技术支持，专业性极强，他本人是“海归派”，在专业技术方面是行家里手，领导信任、群众佩服，可也许正因为此，郑海旭的身边少了监督的眼睛，结果是不出事则已，一出事就骇人听闻。而在很多科技领域，我们更屡有耳闻一些技术过硬、思想带病的学科带头人因商业贿赂而倒下。

在各种监管机制不够完善的情况下，“实权人物”参与市场竞争，必然会导致商业贿赂的发生。因为从客观上说，“实权人物”代表着政府部门或国有企事业单位，与一般的市场主体相比，拥有不可比拟的市场资源，很可能成为以逐利为目的的企业的腐蚀对象；从主观上说，“实权人物”可以不计较成本，在招投标以及资金监管等体系不很健全的情况下，他们甚至可以因一己的好恶而舍本逐末、以次充好，因为钱并不是他自家的。

如此说来，商业贿赂的顽症在“实权人物”的身上体现得最为突出，而“实权人物”一旦被商业贿赂击中，其损害却不仅仅是对于市场经济本身，因为市场经济和社会法治是一枚硬币的两面，当商业贿赂成为一种“潜规则”时，当规则的制定者成为“潜规则”的执行者时，人们的目光将越过简单的交易公平问题，关注更为广泛的社会价值取向和公平正义。当前，国家正加大力量，把治理商业贿赂作为反腐败工作的重点，我们在此呼吁：打击商业贿赂，必须有实在的举措盯紧“实权人物”。

一个科技处的处长，在六年时间里竟索取贿赂、贪污公款达1500多万元，的确让人心惊。回过头来看他的犯罪道路，贪婪无疑是郑海旭犯罪的内因，但是，如果单位有一套无缝可钻的严密采购体系，有完善的规章制度，他的贪婪也作不了这么大的怪。在缺乏监管的状态下，郑海旭的贪婪才有了发酵的土壤。

第十四篇

国家损失死未招

“其罪当诛、其情可谅、其命当留！”在令人震惊的“证券死刑第一人”杨亚敏被执行死刑后，他的辩护律师钱列阳仍然坚称杨亚敏不该杀。因为钱列阳认为：杨亚敏拒不交代赃款去向，杀掉杨亚敏意味着6000多万元国有资产将永远成为一个谜团，国家损失将无可挽回。

钱列阳作为刑事辩护律师，十年来他的手中没有死一个人，这次杨亚敏终于破例了。迄今为止，在证券界没有任何一个案件能够像杨亚敏贪污案这样历经四次审判才最终做出判决。

即便如此，杨亚敏依然给世间留下了一个个惊天谜团：承认有罪却拒绝说出贪污巨款的去向，这笔最后被认定为6912万元的巨额赃款到底在哪儿？人们所知道的唯一突破口就是杨亚敏的口供。但杨亚敏至死不招，并把这个秘密带到了刑场上。从这个意义上说，杨亚敏也是“零口供”被判死刑的第一贪官。

杨亚敏亿元贪挪案，已经成为司法史上的经典案例，并将影响着以后对证券类贪污犯罪的审判。为了保住杨亚敏一命，钱列阳整整为之博弈了五年，尽管付出了最大的努力，在与司法机关持续五年的交锋中历经四次审判，杨亚敏在鬼门关前来回走了几遭，虽然曾经有过活下来的曙光，但最终还是站到了地狱入口处。

在地狱门前，对于最后的一线生机，杨亚敏已经不抱多大活下来的期望。在接受第四次审判的时候，杨亚敏突然一反常态地提高声音说："我想跟在座的亲友说一下，请做好思想准备，我要求在对我执行死刑前会见家属。"听到杨亚敏向法庭求死，在场所有的人都愣了。

此时，审判长打断了他的话："这只是庭审，法庭还没做出判决，最后的结论不是你下而是法院下。"

而律师钱列阳却当庭高喊："如果杨亚敏被判处死刑，那么国家损失将无可挽回，出于判决的社会意义，请求法院留他一命。毕竟，生命至上！国家利益至上！"

四次审判，杨亚敏给人们留下的最深刻印象就是思维缜密，回答问题虽然缓慢但滴水不漏。无论法官和检察官怎么发问，杨亚敏都像一个外交专家一样把所有尖锐的问题化于无形。

杨亚敏在法庭上的表现，其实更像一个太极拳高手。所有问题都是在他和法官、检察官、杨亚敏的助手张灵之间推来推去，只有被问到资金去向的关键处，杨亚敏才会突然发力说："我不说。"

即便是最后的庭审中，他说赃款中有一部分向"有关人员行贿"了，也只是蜻蜓点水地表示说："如果贪官被抓，我可以出庭作证。"

但杨亚敏却没有说出任何一个受贿者的名字。

然而，历经五年的审判和羁押生活，这个隐藏了多年的秘密早已将杨亚敏压抑得喘不过气来。死，对于杨亚敏来说反而是一种解脱，活着才是最残忍的酷刑。杨亚敏可以带着所有秘密坦然赴死，也免得让那些与这笔钱有关的人提心吊胆。毕竟，我们可以想象，只要杨亚敏活着，他就是一颗不定时炸弹，谁也不敢保证什么时候杨亚敏会突然崩溃，把那半个多亿的资金去向说出来。无论是送给了贪官还是藏匿在某个不为人知的地方，这笔巨款就是一个火药桶，那些与此有关的人，时刻坐在这个火药桶上。

但从法律的角度上讲，杨亚敏贪污6000多万已经是天文数字，按律当斩。对于杨亚敏之死，钱列阳说："杨亚敏在司法史上是有里程碑意义的人物，贪挪数额上亿却拒不交代赃款去向，判死刑不冤。法院历经五年的四次审判，显示了司法机关对于生命和法律的尊重。仅此一点，杨亚敏死而无憾。十子博弈仅输一子，作为律师我虽败犹胜。"

杨亚敏用五年时间犯罪，又用五年时间接受审判，最终也没逃脱死刑的厄运，这是不是命运使然，谁也不好说。

外貌憨厚的杨亚敏生于宁沈市，父母在宁沈都是级别较高的领导干部，家境不错。杨亚敏高中毕业后，响应国家号召到铁岭农村插队。两年后，不甘平凡的杨亚敏在恢复高考后考入宁沈农学院学习，本科毕业后又成为西北农学院农经系的研究生。

正在西北农学院读研究生的杨亚敏，经人介绍认识了在某部委总行工作的罗月玫，虽然两人不在一个城市，但是爱情让他们在认识的第二年就喜结连理。

研究生毕业后，杨亚敏鲤鱼跳龙门来到了有"金饭碗"之称的银行工作，并且一干就是20年。

20年间，杨亚敏经历了研究所、研究室、银行信托等部门，几乎见证了单位的发展历程。杨亚敏先后在不同的部门工作，积累了丰富的金融经验，也体验到了早期证券市场的不规范和投机心理，而行业不规范的市场操作则对他以后的越界行为影响深远。

20世纪90年代是证券市场迅速发展的时期。应形势发展的需要，杨亚敏成为某信托投资公司京北证券交易营业部总经理。证券公司成立后，杨亚敏成为京北公司的老总。

杨亚敏在担任营业部总经理之前，曾被派往外地从事证券工作。他工作认真，能力强，在总行早期几次较大的证券操作中，表现了出色的业务能力，成为证券界赫赫有名的人物之一。京北营业部成立后，经过专业历练的杨亚敏被任命为总经理。

上任之后，杨亚敏大刀阔斧地开展起营业部的业务，把证券市场做得如火如荼，也同时养成了刚愎自用的毛病。杨亚敏虽然表面上说话不多，但他脾气暴躁、武断，平时对下属说话，除了交代工作外很少闲言碎语，而且口气很直接、很强硬。私下里员工们都认为杨亚敏很霸道，但谁也不敢当面表示这样的意思。不管事情是员工分内的，还是分外的，他命令员工做这做那时，从不会做过多的解释。杨亚敏喜欢的是干净利索，决不拖泥带水。

除了强硬的工作手腕，杨亚敏最大的特点就是爱喝酒和下棋，而且酒量大得惊人，棋术也相当高明。除此之外，杨亚敏没有别的爱好，不嫖、不赌、不抽，即使喝酒也不是到一些大饭店要什么山珍海味，而是几个小菜便可喝下一瓶二锅头。

杨亚敏的妻子在单位里担任领导职务，级别比杨亚敏高，分管着一大摊工作。杨亚敏在家里时也很少和妻子罗月玫谈到工作上的事情，而且案发前已经跟妻子离了婚，所以在杨亚敏案发后，当检察院找罗月玫调查杨亚敏的事情时，罗月玫才知道自己的丈夫居然贪污挪用了上亿元巨款，而这些钱自己居然完全不知道，也没有听杨亚敏提起过。而据检察机关对罗月玫的调查，罗月玫名下的财产只有几十万元，她的银行存折上的资金来源基本都是工资收入，与她的收支状况没有什么出入。

法院一审认定，杨亚敏通过老鼠打洞的方式贪污了7000多万元。但既没往家里拿，也没有在外面开公司搞什么投资，更没有赌博或者包养情人之类的开销。据司法机关调查，杨亚敏也从来没有把任何资金转移到境外。老鼠偷米终究会有个老鼠窝存放，那么，杨亚敏贪污的这笔巨款究竟到哪里去了呢？这是本案最大的谜团。

身为证券界第一代操盘高手，杨亚敏一直对自己操作股票业务的能力深信不疑，所以他担任总经理之后，更对股票操作跃跃欲试。营业部有代客理财的业务职能，但到杨亚敏这里却变了味，杨亚敏每次从营业部里提取现金，主要用于代客理财的证券运作，但为谁运作，怎么运作，在哪里运作，杨亚敏却从不告诉单位里其他人。有一次总经理助理兼财务经理张灵询问运作的情况，杨亚敏只有一句话："不该问的你别问。"

这种刚愎自用，其实才是构成杨亚敏贪污的真正起因。

杨亚敏贪污的手段也令人瞠目结舌。按照常规，即使担任一把手的领导干部，贪污时也要采取一点隐蔽的手段。但杨亚敏似乎没有任何忌讳，按照杨亚敏在法庭上的供述，他总是让他手下的财务经理张灵直接从营业部的账户上提取现金送到他的办公室，少则几万元，多则十几万元，而且他从不告诉张灵这些钱的用途和去向，他本人也从不记账，也不给张灵打收条。五年累积下来，杨亚敏纵是精明过人，也不可能完全回忆起这些账目的来龙去脉，所以最后累积起来高达7000万元。

自从杨亚敏涉足证券业后，他发现尚不规范的证券市场给从业者很多漏洞可钻。撑死胆大的，饿死胆小的，用这样的话来形容当时的证券市场并不过分。刚开始杨亚敏不属于胆大的一列，直到他在股票市场上操作了几次大手笔赚了钱之后，才不停地开始股票运作。

在银行系统干了十几年，身为证券公司总经理的杨亚敏善于"运作"。常见的手法是开设虚假账户进行股票操作，杨亚敏在法庭上说："营业部历史上大概购买过2000多个身份证。都是经集体讨论之后，最后由我做出的决定。"

营业部有个开户柜台，这个柜台先后由财务部和业务部管理。正常开户需要三证：股东卡、资金卡、身份证，还要客户签字。但是营业部存在开设个人户用于自营的情况，这种开户一开就要开很多，而这样的开户只需要总经理的指示，不需要经过正常开户的手续。杨亚敏的前任经理经营时很谨慎，没这样开过户，但杨亚敏当上总经理后，却大量开设了这样的个人户头。

杨亚敏作案手法异常简单，他利用职务便利，指使员工使用营业部管理的身份证，开设了96个股票账户，共涉及资金2.19亿元。资金来源为外地的一家农村信用合作社委托理财资金1.12亿元，营业部账外自营收益4200万元，银行转入资金6005万元。

营业部财务经理张灵在了解营业部资金内转的情况时，发现营业部增加了很多个人账户。张灵接任总经理助理，在工作交接时，接收了很多股东卡，张灵问杨亚敏："营业部管着这么多股东卡，哪些是用过的，哪些没用过？"

谁知杨亚敏马上就冲她吼道："该你管你就管，不该你管的就不要问。"

此后，张灵在杨亚敏的指示下办了几十个个人账户。杨亚敏从这些账户提钱时，一般通过打电话、当面说或写条子，告诉张灵到什么账户取多少钱。张灵接到命令后，就去看他指定的账号里有没有足够的钱，如果有就直接提取，如果不够就向杨亚敏汇报，再从其他账户转资金过来。账户里资金不够的情况比较少，钱够时，张灵就填写取款凭条，交给柜台工作人员，就可以把钱提出来了。据杨亚敏后来交代说，他取款的次数太多，每次金额"少的几万元，多的十几万"。而张灵取出钱后，"把钱装进信封，放到他办公桌上"。

在杨亚敏贪污过程中，现金的来往主要是发生在杨亚敏和张灵两人之间，而刚愎自用的杨亚敏拿公家的钱像掏自己的腰包，并没有记账，或者说他根本就不想记账。

杨亚敏除了涉嫌贪污近7000万元之外，他还有另外一个罪名是挪用公款罪。

营业部准备搬迁，营业部的几位领导经过一番查看，最终相中了位于西郊地区的一处房产，公司所有的中层干部经过实地考察后也同意租用西郊的房子。但杨亚敏却另有如意算盘，他想把西郊的房子买下来。但杨亚敏明白，用公司的名义来买房子是不现实的，但是可以用营业部的名义买。因为从资金的角度看，营业部有客户托管的资金可以用，虽然按照规定客户资金是不能动用的。最后，杨亚敏决定先注册一个公司，然后通过这个公司来运作房子的事情。

但是找谁来当法人代表呢？杨亚敏想到了一个叫王中华的人，杨亚敏找到王中华，告诉他有三个朋友要办公司，并把入资单交给他看了看。杨亚敏说："老王，我是信得过你才来找你的，现在需要一个法人代表，我觉得你挺合适的，而且给你总投资额的1%作为你的股份，但你不用出钱，你只帮忙打理公司就行。"王中华听完后，觉得自己反正最近也没有工作，于是就同意了。

不久，杨亚敏在营业部交给王中华三张身份证和300万元现金，并让他去注册一个公司。嘉杰物业管理咨询有限责任公司正式注册完毕。随后，嘉杰公司购买了西郊的房子，然后再将房子租给营业部。嘉杰的正式员工只有王中华、一个会计和一个工作人员三个人，王中华等人的工资由公司支付，但他要用钱的话就必须找杨亚敏签字盖章。可笑的是，作为法人代表的王中华知道嘉杰买房的事情已经是两年之后的事情了。虽然王中华有点疑惑，但他觉得自己不过是个在幕前表演的提线木偶，有些事情没法深究。王中华一直以为真正的老板是那三个自己没有见过的股东，他哪里知道杨亚敏才是真正的幕后老板。

营业部入住西郊新址后，嘉杰正式开始物业管理业务，物业费每年收一次，一年是100多万元。但在很长一段时间里，嘉杰公司一直没有别的业务，却有了2400万元的进账。这2400多万元是杨亚敏利用总经理的职务便利，从营业部的资金挪过来的。

在嘉杰业务中，杨亚敏涉嫌挪用了共计2480万元公款。

杨亚敏的精明在挪用公款自买自租方面体现得淋漓尽致，他或许是看到了京北房地产市场巨大的发展潜力，一旦房产迅速升值，售出套现后利差收入巨大。但当这处房产差不多翻两番升值的时候，杨亚敏却站在了法庭上接受审判。

长期在证券业的浸淫，使得杨亚敏成为一名出色的资本操盘手，但也正是这种过分的自信和对规则的漠视，彻底断送了他的人生。

之后，杨亚敏调任证券公司总部参加期货筹备工作。就在杨亚敏正式报到后不久，他涉嫌贪污和挪用公款的事情败露，而犯罪暴露恰恰是因为他在家中自杀。

在杨亚敏调到总公司之前，他手下的财务经理张灵向他汇报，营业部的客户委托理财的损失已经达到7000万元以上，杨亚敏听后禁不住大吃一惊，但他镇静地对张灵说："这件事处理不好要出问题，不过你放心，如果出了问题，我来担责任。"

只有杨亚敏自己知道，这个天大的资金黑洞永远无法填补。杨亚敏在向他的继任总经理交接业务时，把嘉杰公司的资料和购房手续交给继任总经理，然后他把嘉杰公司的所有账目全部用粉碎机销毁。之后，杨亚敏又指使手下删除了营业部的电脑资料。至此，杨亚敏完成了销毁罪证的全过程。

销毁证据之后，杨亚敏向妻子提出离婚，他这突如其来的举动令妻子大惑不解。妻子急忙询问原因，但杨亚敏只有一句话："我不想影响你和孩子，事情是我自己做的，我就要承担责任，你不要问为什么了，我不会告诉你的。"

罗月玫知道丈夫的脾气，在经过无数次询问和流泪之后，两人办理了离婚手续。独自一人离开家之后，杨亚敏分别约见了他手下的两位副总经理，杨亚敏神情黯然地说：“如果出了问题，我承担全部责任，你们好好工作吧。”

做完这一切，杨亚敏独自找了一处隐蔽的房子，一个人在房子里待了几天，清理自己担任总经理五年来所做的一切，他越想越觉得自己说不清楚这7000万元亏空的来龙去脉，如果继续活下去对亲人是个拖累，对单位、对个人都没有好处。

杨亚敏在这处房子里坐了很久之后，决定自杀谢罪，他想带着所有秘密离开人世。在把最后一瓶白酒喝完之后，打碎了一个玻璃杯，狠狠地用尖利的玻璃碴儿朝左手腕划去，鲜血一下子涌了出来。杨亚敏躺在床上期望自己的血能够流干，但一会儿血液却凝固了，他再次划出一道血口，但一会儿血又凝固了。他不停地在手腕上划了十几道口子，直到手腕上血肉模糊，鲜血断断续续地流了一天，也没有死成。

杨亚敏这时候满脑子全是“自杀”两个字，他想了很多办法都没有自杀成功。最后，他到厨房里打开了煤气开关，同时割开手腕，希望用煤气把自己熏死。刺鼻的煤气迅速在厨房里弥漫开来，直呛得杨亚敏喘不过气来。

迷糊之中的杨亚敏突然听到一声巨响，不知道什么原因煤气发生了剧烈的爆炸，杨亚敏一下子昏死过去。

煤气爆炸引来了消防队也引来了急救中心，血肉模糊的杨亚敏被送往医院进行抢救。虽然他的双手已经严重变形，脸部也留下了不可消除的伤痕，但毕竟保住了性命。

当有关单位调查煤气爆炸的起因时，杨亚敏畏罪自杀引起了人们的关注，与此同时，他所在的证券公司也向警方报案，由此，杨亚敏涉嫌贪污挪用公款的证券大案浮出水面。

杨亚敏被起诉到了法院。

在市第一中级人民法院的法庭上，检察机关指控，杨亚敏利用担任京北证券交易营业部总经理的职务便利，采取指使营业部财务人员从该营业部假借他人名义设立的账户内提取现金等手段，多次将该营业部资金共计人民币6840余万元侵吞；杨亚敏利用职务之便，指使他人从证券交易营业部用于股票交易的资金中，多次提取现金，将人民币376万元侵吞。对上述两笔巨款，杨亚敏拒绝说出资金去向。

杨亚敏将证券营业部资金2480万元挪至其个人掌控的京北嘉杰物业管理咨询有限责任公司用于购房等经营使用。

以上检察机关所列举的款项相加，杨亚敏被控贪污、挪用公款近1亿元。

在公诉人宣读完起诉书后，被告人杨亚敏语速非常迟缓、几乎是一字一顿地说道："事实不清，证据不足，起诉书上的全部事实均不存在！"

在整个庭审过程当中，杨亚敏的语速始终比平常人慢了半拍，而同时被审判的财务经理张灵称杨亚敏平时是个很让人惧怕的人，以至于他交代的任务手下的人都不敢多问，只是全部照办。

关于杨亚敏多次指使张灵拿钱，张灵在法庭上说："证券行业里违规提款是很正常的。"而随后的一些证人证言中也相继提到，每次杨亚敏提款时都没有任何签字等手续。在法庭上，面对法官和公诉人的提问，"记不清"、"说不好"、"我不想去猜"成了杨亚敏最常用的回答方式。

杨亚敏对检察机关的指控均不承认，只是称曾经从营业部提取过300万注册了嘉杰物业管理有限公司，随后又提取了200万用于公司的运作，提取2300余万元用于购房。而杨亚敏一再强调嘉杰公司是由营业部直接掌控的，而不是自己的。

杨亚敏称，嘉杰公司成立是经过营业部领导班子小组讨论通过的，然后找了四个名义股东，其中一个只占1%名义股份的股东来担任法定代表人，其他三个股东均为虚拟的。而嘉杰公司直接归属于营业部。

而营业部的其他领导班子成员均表示不清楚嘉杰公司的事情，而且与营业部的隶属关系方面也没有任何文件作为证据。嘉杰公司为大家所知晓，只是因为后来它成为营业部的物业管理单位。

在一审时，杨亚敏对检方指控的两笔挪用公款提出异议。其中一笔2480万元，他提出并没有归他个人使用，而是用于营业部的下属嘉杰公司。法院认为杨亚敏构成挪用公款罪，因为没有证据可证明挪用公款是由营业部集体决定的，但相关证据可证明嘉杰公司由杨亚敏个人控制，而不是营业部控制。

尽管法院一审认定杨亚敏贪污的7216万元公款下落不明，但法院认为杨亚敏的贪污罪是成立的。杨亚敏也多次承认已收到他指使张灵等两个财务人员所提取的公款，只是由于次数多、时间长，记不清具体时间和金额。而且两名经手人根据相关书证能够清楚地说明公款金额。同时，证人证言也能够印证杨亚敏与公司负责人协商工作时，承认收到了财务人员交予的公款。赃款目前下落不明，完全是因为杨亚敏拒不交代去向。

对于杨亚敏关于嘉杰公司应认定为西郊西园营业部的下属单位，不是“挪用公款归个人使用”，指控挪用公款2480万元不能成立的辩护意见。法院认为：没有证据证明成立嘉杰公司是营业部集体决定，而且营业部的资产账目中没有关于嘉杰公司的记载，营业部没有向嘉杰公司主张权利的依据，而杨亚敏将用公款购买的房产登记在嘉杰公司名下后，又将该房产租赁给营业部使用，并向嘉杰公司支付了物业管理费，且在案发前销毁嘉杰公司账目的行为证明了嘉杰公司是杨亚敏个人控制的公司，而不是营业部的下属部门。杨亚敏利用职务便利将公款人民币2480万元挪出，用于其个人公司购买房屋并出租获利的经营活动，其行为符合挪用公款罪的构成要件。

近7000万元国有资产人间蒸发！必须有人为此承担罪责，杨亚敏因此受到了法律最严厉的惩罚，被市第一中级人民法院一审以贪污罪、挪用公款罪判处死刑。

在法院做出一审判决之后，曾有记者对杨亚敏做了简短采访。

记者：听说你曾经两次自杀，能讲讲原因吗？

杨亚敏：由于我的工作失误，造成巨大损失，我没有拿7000万，但我什么证据也没有。我感觉不论是做人还是工作上，我都很失败，以死弥补过失……

记者：法院宣判你死刑，但你的情绪却比较平静，是否与你之前的自杀有关？

杨亚敏：我之前曾自杀，但这不代表我对死刑有了心理准备，我还将上诉。

记者：为何至今不交代公款的去向？

杨亚敏：我没有贪污和挪用，没有拿到这7000万。我的职权是通过下面的人去完成的，我根本就无法说清这些公款的去向。

记者：你是负责人，7000万是经你手后不知去向的，造成巨大损失。你怎么会什么都不知道？

杨亚敏：我真的说不清，没有证据证明我的清白，我说什么也没有人相信。

记者：你说你没有犯贪污和挪用公款罪，那么你认为你是什么行为？

杨亚敏：失职，或者别的什么领导责任。我承认作为公司负责人，我有许多做法是不对的，有时做得还比较过分。

记者：通过你的教训，有什么想告诫其他证券公司领导的？

杨亚敏：我身上发生的事都是证券公司早期不规范时遗留下来的。我希望新加入证券市场的人员记住我的教训，洁身自好。保持一个好心态，不要过于看中个人业绩。

市第一中级人民法院做出的判决显示，被告人杨亚敏贪污公款 7216 万元，挪用公款 2480 万元。两项相加数额近亿元，而且数额如此之大，在以往的司法实践中，贪污数千万元而不杀的案件并无判例。

关于贪污和挪用公款的两项主要罪行的辩解，杨亚敏和一审辩护律师的意见都没有被法院采纳。贪污、挪用公款的责任全部落到了杨亚敏的头上，杨亚敏不得不大祸独揽。

一审判决后，在法警给杨亚敏戴上手铐的一瞬间，他宽宽的脸上居然强挤出一丝平静的笑容。当最终听到法院判处死刑的判决时，杨亚敏坚称自己只是失职而不是贪污，并提出上诉。

一审宣判后，媒体开始关注杨亚敏，毕竟杨亚敏是证券界被判死刑的第一人。随即，杨亚敏案件开始成为媒体关注的焦点。

一审判决后，杨亚敏的亲友委托了著名刑事辩护律师钱列阳为杨亚敏辩护。显然，杨亚敏的亲人是希望钱列阳妙手回春救杨亚敏一命，但如此巨大的贪污数额，又没有自首等立功情节，救杨亚敏的命显然比登天还难。

钱列阳注意到，判决书的最后赫然写着这样一句话：继续追缴被告人杨亚敏犯罪所得发还证券公司。钱列阳凝神静思：或许赃款去向是让案件峰回路转的一个突破口。

如何挽回杨亚敏的生命，成为钱列阳苦思冥想的问题。他与助手许昔龙律师商议，确定的辩护思路是先尝试做一下杨亚敏的工作，最好让他交代赃款的去向并积极退赃、争取法院的宽大处理。如果杨亚敏不接受，再变换辩护思路，找到最佳的切入点进行辩护。其次是放弃对不影响杨亚敏杀头之罪的挪用公款罪的辩护，仅就贪污罪进行辩护。

而对于这个辩护思路，钱列阳并没有抱多大希望。钱列阳当然希望杨亚敏能说出赃款的去向，但钱列阳同时也没指望杨亚敏说出赃款的去向。因为钱列阳在接手这个案件的时候，杨亚敏已经入狱两年，两年的时间，该发生的一切都已经发生了，杨亚敏一直没有说出来。此时的钱列阳只是一个律师，他不可能强劝杨亚敏讲出这个天大的秘密。

所以钱列阳一开始的辩护策略，就没有在劝服杨亚敏说出赃款的方向上，下力气做文章。而是在贪污数额上进行突破，因为杨亚敏所有贪污的钱都是他的财务经理张灵一手转交的，五年来数百次将上千万的赃款交给杨亚敏，不可能每一笔都会有证据证实，这一点当过警察的钱列阳非常清楚，况且杨亚敏把很多财务账本都烧掉了，查清贪污的每一笔数额是不可能的。如果在这个方面找到突破口，也许会救杨亚敏一命。毕竟，查不清赃款数额法院是不能随便下判决杀人的。

在辩护思路确定之后，为更详细地了解案情，钱列阳来到市第一看守所会见杨亚敏。令钱列阳惊异的是，杨亚敏没有一般死刑犯的那种不安、恐惧和焦虑。在会见的时候，杨亚敏始终保持他那招牌式的神态：微闭双眼，面带微笑。杨亚敏的思路超常地清晰，语速不快、话不多，但句句能够清楚地表达自己的想法。

杨亚敏的第一句话是："我知道你们会问赃款的去向，但很抱歉，我实在不想说。一审辩护人也劝我说清赃款的去向，以求从轻量刑，但我没有谈这个问题，我宁愿就这样离开这个世界。"

钱列阳在当律师之前，曾经是市公安局的一名警察，曾经戴过大盖帽，曾经代表着强大的政府公权力。从抓坏人的警察到为坏人辩护的律师，他更深刻懂得制衡的重要性，在公权力太强大，而私权力过于弱小的情况下，恰恰是律师要站出来说“不”的。

钱列阳担任过很多刑事案件的辩护律师，上至省部级高官，下至杀人越货的重犯，面对死亡都表现出强烈的求生欲望，却从来没见过对死刑这样坦然的被告人。钱列阳对杨亚敏拒不交代赃款去向甚为不解，因为只有坦白交代，帮助司法机关为国家追回损失，才可能有条活路。但是，杨亚敏把自己唯一的活路首先堵死了。

钱列阳坦然地说：“我知道你已经将生死置之度外，但我既然是你的辩护律师，我的职责就是让你的权利最大化，这是你个人的权利，请你理解配合我这个律师应尽的职责，不论结果是什么。”

杨亚敏是一个很聪明的人，听钱列阳这样说，他自然明白。

钱列阳明白，也许杨亚敏有自己的打算，毕竟涉案数额高达7000万元，在杨亚敏之前，绝没有如此巨额的贪官能够逃过死刑的先例。既然交代是死，不交代也是死，何不咬紧牙关，也许能把牢底坐穿。

其次，根据警方和检方的侦查结果，杨亚敏贪污的巨额资金去向不明，既没有挥霍也没有转移到境外，更没有交给亲友。钱列阳猜测的资金去向有两个：一是部分用于行贿，二是在操作股票时亏损，如果把这两个去向搞明白，也许救杨亚敏一命还有一线希望。

更让钱列阳、许昔龙律师看到希望曙光的是，就在他们接受杨亚敏亲友委托的前一周，最高人民法院下发了《关于进一步做好死刑第二审案件开庭审理工作的通知》。该通知规定，对案件重要事实和证据问题提出上诉的死刑二审案件，一律开庭审理。而在此之前，二审案件一般都是书面审理。

杨亚敏的案件显然在必须开庭审理的范围之内。二审的开庭审理，也让钱列阳和许昔龙律师抓住了当庭为杨亚敏辩护的机会。

法治的进步，让司法机关对死刑案件慎之又慎，杨亚敏是受益者。更让杨亚敏看到生命曙光的是，在此期间法律界和学术界都在争论是否废除死刑的问题，加上媒体的推波助澜，“废除死刑”的呼声一时间甚嚣尘上。在这种争论趋于白热化的阶段，司法机关在法律实务的具体操作上，纷纷采取了审慎的态度，对人命关天的死刑案件，更是慎之又慎。

而杨亚敏贪污、挪用公款案在媒体的炒作之下，已成为轰动一时的大案。市高级人民法院组织精兵强将，依法组成合议庭，公开开庭审理了此案。

在二审的法庭上，满脸胡碴儿的杨亚敏语速缓慢，一字一顿，像是在掂量着每一个用词：“我不懂财务，我说不出钱哪儿去了，但这些钱都用在单位的经营上了，没有用在我个人身上。”按照与钱列阳律师的沟通意见，杨亚敏当庭放弃了检方起诉中贪污 300 多万元注册嘉杰公司、挪用 2480 万元购买房产等三起控罪的辩护，只对涉嫌贪污 6840 万元这一起控罪进行辩护，因为这项指控直接导致了他的死刑判决。

和杨亚敏一同受审的是证券公司京北营业部的财务经理张灵，她因为在杨亚敏贪污过程中未尽到财务主管的监管职责，被以国有公司人员失职罪一审判处六年有期徒刑。

张灵供称，杨亚敏要钱时，就打电话、当面说或写条子告诉她，她每次从银行取出二三十万元现金，直接送到杨亚敏的办公室。杨亚敏从不说钱的用途和去向，所有资金运作都不记账，没留下任何凭证。五年下来，杨亚敏如硕鼠倒仓般在证券公司的账面上掏了个大洞，数千万资金悄无声息地消失了，留下的只有银行里 400 多张取款凭条。

这一事实得到了另外一名证券公司高管人员的证言佐证，最终形成了杨亚敏贪污巨款的证据链条。但钱列阳认为两人证言不足以采信，他在法庭上据理力争：“没有直接证据证明钱都给到杨亚敏手里了。”

检察官当即以在案笔录为证进行反驳称：“杨亚敏归案后就承认他

拿到了钱，而且多次供述，这与张灵等人的证言互相吻合。”

“钱哪儿去了？”法官、检察官、辩护人一遍遍地向杨亚敏提出这个相同的问题。作为公司一把手，对6000多万元消失的现金，杨亚敏仅仅能说清其中300万元用于注册、经营嘉杰公司。其余的钱他说“都用在公司经营上了”，却不能说出一起具体的事实，让人感到杨亚敏“糊涂”得不可思议。

不过杨亚敏在法庭上至少提供了一种资金可能的去向：“我让下属去买了股票、国债。我指挥，他们操作。”杨亚敏担任总经理的这五年间，证券业一直处于低迷状态。杨亚敏曾因盲目跟庄亏得血本无归，他究竟在股市里扔进多少钱，已经无据可查。

杨亚敏在向他的继任总经理交接业务时，指使下属把营业部的电脑资料删除。此后，更没人能说清那数千万元现金的去向。如今，为这本糊涂账押上身家性命的杨亚敏究竟是“说不清”，还是“不愿说”，只有他自己心里最清楚。为了挽救铁齿铜牙的杨亚敏，钱列阳在法庭上疾呼：“如果杨亚敏最终被处死，那么数千万赃款的去向可能成为无法解开的谜！”

在当时最高人民法院收回死刑核准权的大背景下，这起死刑案件的二审开庭尤其令人关注。在庭审举证时，出现了令人意外的一幕，检方主动将6840万元贪污数额“缩水”到6100万余元。原因是经过笔迹鉴定，11张取款单竟然不是张灵填写，也就无法认定这些钱进了杨亚敏的腰包。除了这11笔，检察官在法庭上又指出多笔被认定为贪污的款项与一审事实不符。

对于这个死刑案件，检方显示出了相当的慎重，他们在二审中鉴定了经过张灵认可的全部400多张取款凭条，并重新计算贪污数额，最终推翻了之前的认定。

“我感谢检察官实事求是，令人钦佩。”一直默不作声的杨亚敏也感到了意外。而杨亚敏的辩护律师钱列阳立即抓住了这一点，在法庭上接连质问："这完全说明一审认定事实不清，我们要求全部账目由专业人员重新审计。"

"尽管一审认定数额不准，但我们认为一审认定基本事实清楚，证据确实充分，并不影响死刑的量刑。"最后辩论时，检察官依然提出了坚持死刑的量刑建议。

检察官的意见招致钱列阳的强烈反应："在事实存有疑点的情况下，判处死刑不慎重。而且对于经济罪犯不适用死刑是国际司法界所认同的，也符合我国'少杀、慎杀'的刑事政策……我们宁纵勿枉，放纵一个坏人确确实实可能会给社会造成新的危害，但是如果我们在有疑问的时候打击了他，实际上破坏的是法网，为了抓一条鱼，我们撕破了一张网。这个网在一瞬间该抓的鱼是抓住了，但这个网以后就会永远有破口，会有更多的鱼从这个网钻出去。在两害相权的时候，我们不能为了打击一个案件而破坏一个法，在这个问题上，要容忍一些个案中罪犯的存在，但是要把法网保护好。"钱列阳的长篇辩护，让法庭上的所有人都静神凝思。

杀，还是不杀，杨亚敏等待着二审的裁判。

经过认真审理，市高级人民法院判决认定：一审法院判决认定原审被告人杨亚敏犯贪污罪、挪用公款罪；张灵犯国有公司人员失职罪的部分事实不清，证据不足。裁定撤销市第一中级人民法院一审刑事判决，发回市第一中级人民法院重新审理。

这个二审结果，让钱列阳长舒了一口气，但他知道，更加困难的事情还在后面，毕竟杨亚敏贪污数千万元巨款，从没有不杀的先例。钱列阳认定，即便是杀杨亚敏，也要通过这个案子，推动死刑制度往前迈出一步，哪怕是小小的一步。

发回重审的主要原因是，检方指控杨亚敏贪污的数额，几乎全部来自张灵一手转交，而张灵取款完全没有账目记录。因为杨亚敏的贪污行为只有他和张灵两人知道。

由于没有记录，杨亚敏准确的贪污金额就很难确认。尽管张灵曾记过一本流水账，但被杨亚敏发现后当面销毁。在一审时，杨亚敏仿佛虱子多了不怕咬，对受贿金额根本不争辩，每次都说："张灵说多少就是多少。"但检察机关考虑了各种庭审中可能出现的意外，必须拿出准确的证据才能让杨亚敏低头。

而钱列阳也采取了审慎的态度，力求在这场博弈中寻求一线生机。如果在这场力量悬殊的角力中，能为杨亚敏寻求到一线生机，或者是司法机关对于死囚重犯生命的尊重，就是这场黑白博弈的胜利。

法院将此案退回检方补充侦查之后，再重新向法院提起公诉。由于钱列阳在庭审中指出了难以查清的受贿数额这个要害，给检方的再次起诉增加了非常大的难度。为了确定准确的涉案金额，检察官从营业部中搬回了264本账册，逐页查找张灵的取款记录，并逐一核对笔迹，这一工作耗时将近10个月。尽管如此缜密，但还是有些取款行为无法确认，导致各次审查金额都有所不同。

再次坐在市第一中级人民法院的法庭上，杨亚敏面对着的是市第一中级人民法院刑二庭另行组成的合议庭成员，而检方也派出了精干的检察官出庭指控。

市人民检察院第一分院向杨亚敏提起四项指控：其中第一项指控为贪污6536万元，另外三项指控分别为贪污376万元、挪用公款2480万元、挪用公款60万元。

而在一审中，检方对杨亚敏的第一项指控为贪污6840万元；在杨亚敏提起上诉后，检方指控数额变为6536万元。

在一审过程中，杨亚敏对检方提起的四项指控都进行了辩解，而重审时，却只对 6536 万元的指控认为证据不足，对其他三项指控并不持异议。显然，这是杨亚敏与钱列阳律师采取的保命策略。毕竟，其他三项指控都不是致命的。

在对 6536 万元的贪污指控辩护时，杨亚敏一改往日对贪污数额统统承认的状态，把巨额款项往助理张灵身上推。以往杨亚敏被问及贪污数额时都说“张灵说多少就是多少”，但这次检察院核减了 11 份取款凭条，给杨亚敏提供了自我辩护的利器，他不紧不慢地说：“我认为张灵把 6536 万余元交给我的指控，缺乏必要的财务证据支持，仅凭张灵的证言不足以证明事实全貌。既然检察院已经查出了这 11 张取款凭证的签字不是张灵的，这些款项就不可能到我手上，那么其他凭证是不是也有人假冒张灵的笔迹？其次，现在这 6536 万元的贪污指控，是张灵说给我多少就认可多少，实际上我没有收到那么多的钱，有没有张灵取了钱没有给我的可能呢？我想，这个可能是存在的。”

由于杨亚敏不承认 6536 万元的贪污指控，检察官询问道：“那你认为你收到了多少呢？”

“大约一两千万吧，也可能多一些，但绝没有到 6536 万元这么多。”杨亚敏不紧不慢地说。

针对杨亚敏的辩解，检方提供了证人证言。证券公司京北营业部的一位副总经理作证称，杨亚敏从营业部拿钱运作一直没有说过。营业部理财中心主任也证明，杨亚敏曾指令他修改过多个账户的电脑交易记录。

在法庭上，张灵也把责任完全推到杨亚敏身上，她在法庭上坚称，她先后提款 6000 余万元全部交给了杨亚敏。张灵说：“杨亚敏让我从那些账户里提现金交给他，他拿出去运作。但这些现金多数有去无回。在无法收回公款后，杨亚敏让我销毁了流水账，又指使员工修改电脑操作记录。”

在对6536万元的贪污数额辩护之后，赃款去向依然成为庭审最大的焦点。与前两次庭审时一样，杨亚敏依然拒绝交代赃款去向。

在法庭上，钱列阳抛出了令人意想不到的观点，他认为6536万元的贪污赃款中的相当一部分是被杨亚敏用来行贿。钱列阳的观点得到了很多在场者的认同，但这只是一种猜测，并没有确凿证据支持。钱列阳提出，因为赃款去向不明，所以存在对杨亚敏用赃款行贿的合理怀疑，为了保留查处特大受贿案的线索，有必要留杨亚敏一命。钱列阳在法庭上说："对于向谁行贿，杨亚敏自然心知肚明，但是究竟是些什么人让他死心塌地保护，也是个谜。"

"这个人或这些人对杨亚敏来说可能非常重要，如果杨亚敏被判处死刑，那么最终得益的，将是这些隐藏在幕后的人。"钱列阳认为，出于判决的社会意义，法院可以考虑不判处杨亚敏死刑，"毕竟抓出那些幕后人具有更大的社会意义"，同时也有可能为国家挽回巨额经济损失。

但钱列阳的观点遭到了公诉人的反驳："如果不严惩犯罪者，那么就会向社会传递一种错觉，即认为只要不说就可以免灾。"

钱列阳接着指出：按照贪污数额，以贪污罪对杨亚敏判处死刑从法律层面上讲没有问题，但死刑案件的证据标准比普通案件要高，而6000多万元贪污数额的指控，均来自同案犯张灵一方的指认，虽然杨亚敏说收到过张灵的钱，但到底收到多少钱还缺少客观的证据。虽然证人证言曾证实营业部账面亏损达五六千万元，但不等于杨亚敏贪污了五六千万元，这二者之间不能画等号，并且证人同时也表示并不知道张灵为杨亚敏提取现金一事。因此，以贪污罪判其死刑，证据还不够。

在这次激烈的庭审辩论中，公诉方和辩护方争议的焦点，是杨亚敏贪污的巨额款项到底有多少，杨亚敏该不该杀。

市第一中级人民法院审理后认为，杨亚敏以为本单位运作资金的名义，多次指令张灵，从营业部的 70 余个资金账户内，提款共计人民币 6536 万元，杨亚敏将这些款项予以侵吞，案发后拒绝交代赃款去向。市第一中级人民法院再次以贪污罪和挪用公款罪判处杨亚敏死刑；以国有公司人员失职罪，判处张灵有期徒刑六年。

两次一审，两次死刑。钱列阳和杨亚敏两人都心有不甘，再次向市高级人民法院提起上诉。这一次，钱列阳只对一审判决中四项犯罪事实中的第一项提出了异议，也就是一审判决认定杨亚敏将张灵提取的 6536 万元予以贪污的事实不清、证据不足。

钱列阳尖锐地提出：现有的证据只能证明张灵从账户中提取了 6536 万元，但不能准确证明张灵将 6536 万元如数交给了杨亚敏。另外，巨额款项去向不明，其中相当一部分是向有关官员行贿了，保留着杨亚敏的生命，也就能为将来查处其他受贿案件提供有效线索。本案为经济犯罪，不宜处以死刑立即执行。

与此同时，张灵虽然对一审判决认定其犯国有公司人员失职罪不持异议，但她认为自己有自首情节，请求从轻处罚。

从杨亚敏被羁押，已经过去了将近五年。在这五年的时间里，从侦查人员到律师，从法官到媒体，所有关注杨亚敏案件的人，都希望他能够坦白争取立功。但无论是在看守所里面对律师的询问，还是在法庭上面对检察官和法官的质询，只要说起钱去哪儿了，他都立即沉默。

杨亚敏再次坐到市高级人民法院的被告席上。五年来，围绕“证券界死刑第一案”最核心的话题，就是杨亚敏所贪污的巨款流向何处。这一次庭审，拒不开口的杨亚敏突然开口，首度承认部分赃款“作为费用给了相关部门和个人”。

杨亚敏态度的微妙转变可能与他长期被羁押有关，此时坐在被告席上的杨亚敏显然苍老了许多。尽管庭审中杨亚敏依旧保持着他一贯平静的神情，然而，在看似平静的表面下，隐藏了一丝微妙的变化。

也许，杨亚敏有些扛不住了，也许他觉得自己的死期临近了。当法官和检察官问到6500多万元钱款的去向时，杨亚敏突然承认部分资金用于行贿。但接下来，当检察官询问这些赃款具体给了哪些部门和个人，杨亚敏却不再往下说了。对自己的拒绝交代，杨亚敏的自我评价是：“我有诚实的一面，也有顽固的一面，我不想给社会带来不必要的麻烦，请相信我的出发点是善意的。”

杨亚敏承认自己从张灵处拿到了一些钱，但始终拒绝说明钱的去向，钱列阳律师随即向杨亚敏发问：“你能不能检举揭发那些受贿的人？”

杨亚敏摇摇头，声音很轻却异常坚定地说：“不能！”

钱列阳接着发问：“一旦有相关人员出现受贿或巨额财产来源不明，被国家司法机关介入调查后，你是否愿意配合指认？”

杨亚敏回答得很干脆：“可以！”

随即，钱列阳律师抓住了杨亚敏这个微妙的变化发表辩护意见：“五年来，杨亚敏始终守口如瓶。现在他承认行贿，并愿意在相关人员案发后作为证人这点上，是与以往最大的不同。现在杨亚敏主动说出用于行贿，更不应判处死刑。因为一旦终审死刑，国家财产就再也追不回来，最得意的就是那些受贿人。虽然杨亚敏现在拒绝说出受贿人，但他毕竟已经开始吐口，在以后的服刑期间，杨亚敏有可能想明白，将受贿人说出。杨亚敏在被捕前曾自杀过两次，很可能是想以死的方式保护受贿人。从人性的角度讲，对一个人最严重的惩罚不是死，而是生不如死。我认为终身监禁不得保释，惩戒效果大于一枪过去一死了之。如果在款项去向不明的情况下判处死刑立即执行，真正的受害人是国家，最大的受益者是受贿人。这两个问题关系到国家的财产利益，关系到反腐败斗争鹿死谁手。”

在法庭上，杨亚敏案件里面有两个最关键的问题，第一是巨额财产不知去向，另一个是受贿的人还在逍遥法外，更何况这里面还有事实不清楚、搜证材料遗失的问题，检察机关认定的6500万并不能确定，而且证人属于孤证。从这个角度来说，钱列阳坚持认为杨亚敏并不适用死刑。

检察官对钱列阳的观点进行了反驳。检察官说：“杨亚敏五年来始终未交代赃款的去向，说明他不思悔改，主观恶性很深，且给国家造成巨大的无法挽回的损失，应该受到严惩。其次是没有证据证明杨亚敏的钱是用于行贿，杨亚敏此举是混淆视听的垂死挣扎。如果杨亚敏的确是去行贿，那么他就是在包庇这些受贿的部门和个人，属于法律严厉打击的对象，应该维持一审的死刑判决。”

钱列阳抓住最后的一线机会说：“法律的精神不单纯是以惩罚为目的，杨亚敏是可以适用死刑，但不是必须适用死刑！判死缓对将来追回国有资产和惩处幕后贪官都是有不可替代的价值和意义的。杨亚敏是经济类犯罪，在很多国家，对财产犯罪并不适用死刑，我国以后的法律，会不可避免地走向这个趋势。这个案件如果有另外一种判决，会推动我国的司法进程。出于判决的社会意义，请求法院留他一命。”

钱列阳最后呼吁说：“不顾及可能挽回的国家损失，不顾及反腐中的贪官，就为了判死刑而判死刑，单独以法律的尊严为借口，这样的司法判决，法律的尊严有多大意义？何况，杨亚敏是一心求死，这样的判决不是正好符合了他的心愿？真正的法律尊严，不是一个人想死就让他死，犯罪嫌疑人是没有资格跟法律讨价还价的，而是由法律决定他的生死。”

从法律上杨亚敏贪污6000多万已经是天文数字，按律当斩。判杨亚敏死刑一点都不冤枉，但是，钱列阳坚称正确的判法不止这样一种。也许，杨亚敏在一声枪响倒地之时，就是许多人高枕无忧睡大觉之日。也许，以后再有贪官抓进来，最多就是多了一批巨额不明财产。

最终杨亚敏没有躲过死刑的终审判决，他平静地听取审判长念完了终审判决书的内容。

市高级人民法院驳回了杨亚敏的上诉请求，对杨亚敏做出了维持死刑、剥夺政治权利终身并处没收个人全部财产的刑事判决，同时报请最高人民法院核准。

杨亚敏走完了他人生最后的五年。杨亚敏被一辆警车带到了八宝山下的市第一中级人民法院的大法庭里。在此之前，最高人民法院下达了对杨亚敏执行死刑的命令。这个死刑命令与杨亚敏第一次接到死刑命令差不多相隔了五年。

“遵照最高人民法院的死刑复核，今天将对你执行死刑。杨亚敏，你听清楚了吗？”法官的声音冷若冰霜。

“听清楚了。”虽然杨亚敏的身子微微一震，这股无形的力量通过胳膊传送到壮硕的法警身上，但他还是努力挤出以往的笑容，“谢谢法官，很清楚。”

“还有要说的吗？”法官再次提醒道，仿佛担心自己最后的宣判结果，让对方没有听清楚一般，他再次加重语气说了一遍。

“没了。”杨亚敏仿佛如释重负地轻松送出去一口气，很长、很长，好像要把他在看守所里五年来呼入的浊气吐出去一般。然后一低头，他再也不说什么，眼角却是似是而非的笑意。

在杨亚敏的身边，他再也看不到任何一个熟悉的身影。在此之前，他该说的都说了，不该说的一句话都没说。

“那你签字吧。”法官轻轻地说。

杨亚敏睁开眼，他戴着镣铐的扭曲的双手提的一根绳子，绳子上拴着脚下的铁镣，一步步艰难地挪到审判台前。松下镣铐的时候，他长长舒了一口气，然后微笑着从书记员手里接过签字笔，在他的“死亡通行证”上签下了自己的名字。

“把杨亚敏押出去，立即执行死刑。”法官收起签字后，冷冰冰地宣布。

杨亚敏终审被判死刑后，引发了社会各界的普遍争论。在网络论坛上，很多法律界人士纷纷撰文评价此案。

有人认为：神圣法律遇到了“证券界死刑第一人”杨亚敏的挑战，如何处理，正在考验法律界、法学界专家的智慧。如此棘手的案例，处理得好也许会载入法学史，因此建议把杨亚敏案的真相公布于天下，广泛地听取社会各界的意见再做定夺，不要简单地一杀了之。以杨亚敏所犯的罪行而言，可以说不杀不足以平民愤，但是杀了他，让巨额赃款的受益者、受贿者逍遥法外，让那些被侵吞的公款永无踪迹，也是对法律的嘲弄，况且如果杨亚敏的“死了他一个，惠及若干人”的目的真正得逞，会让效仿者众，可能出现更多“宁死不招”的犯罪分子，法律会遇到更多的尴尬。

还有人认为杨亚敏并没有真正认罪。杨亚敏五年来面对审问“守口如瓶”，如今面对死刑的终审判决仍面带微笑，明显地是对法律和民意的蔑视，也是对现行司法制度的一大挑战，可以说，判处杨亚敏死刑令其伏法很容易，但是要让“证券第一案”真相大白、水落石出，包括追缴6000万赃款，让受贿人一并接受法律的严惩却并不容易。杨亚敏案件的尴尬，揭示了当前深挖犯罪、打击腐败遇到的一个新课题。

更多的观点认为杨亚敏坚持不交代巨额赃款的去向，不检举、揭发受贿人，可以肯定的是他企图保护这笔赃款的受益人，期待将赃款留给他们在自己死后享用，因此从与杨亚敏的家人、亲戚等有亲情关系的人入手，从与杨亚敏有金钱、利益关系的社会人员入手，清查他们过去、现在和今后一个时期是否有不明收入或暴富现象，包括发动知情群众举报，也许可以从中发现赃款下落的线索。而对于大量赃款可能涉及哪些受贿人，是否可以从与杨亚敏有上下级关系、业务关系，与公款管理有关的关键岗位等开始，逐一排查，以期发现受贿人线索。

那么，前前后后杨亚敏从单位里拿出这么多钱，到底到哪里去了呢？根据本案相关证据可以进行如下推测：

一是在操作股票中损失了一部分。杨亚敏贪污的公款主要来自一农村信用合作社的委托理财资金，但杨亚敏与之签订合同的收益率较高，光靠买卖国债无法达到收益率的水平，其他运作股票也就不可避免。张灵也在法庭上供认："杨总对我说，现在仅仅在营业部运作已经不行了，让我从那些账户里提现金交给他，他拿出去运作。"然而，这些现金多数有去无回。在无法收回公款后，杨亚敏还指使员工修改电脑操作记录，以期瞒天过海。

杨亚敏指示交易部门某经理将本营业部23个股票、基金账户中的约1900万元资金转出，以撤销指定的方式，分仓到其他几家证券营业部，运作一年后，再转回西郊营业部。

然而，一年过后，这笔资金发生了150余万元的亏损，杨亚敏于是指使该经理从此次转回资金中提现376万元。这笔钱同样石沉大海，到底是杨亚敏用来运作以图挽回损失，还是另作他图，外人无从得知。

据杨亚敏供述，杨亚敏曾让手下一个操盘手从营业部拿了一批股东卡，选择了其他证券公司的营业部操作一批股票，动用了数千万元的资金。因为当时杨亚敏得知有庄家要操作两只股票，杨亚敏就想跟庄，但他担心在一个营业部做，数量太大会被庄家发现，所以就让手下的操盘手分开做。但是这次操作最终还是被庄家发现，杨亚敏亏得血本无归。

杨亚敏始终没有向检察院和法院供述他贪污近7000万元的去向，能够供述的只有这次投资股票跟庄的惨败。根据对本案相关人员调查的证言，作为证券公司的老总，杨亚敏多次参与了股票运作活动，而且他担任总经理的这五年间，证券业一直处于低迷状态，这些钱很可能有一大部分在股市里打了水漂。因为迄今为止，检察院和法院都没有发现杨亚敏隐藏资金的任何蛛丝马迹，投资股市的失败是唯一可以令人信服的资金去向。当然，这只是一种推测。

在政法机关的多次问询中，当被问到钱款去向时，杨亚敏要么声称“记不清”，要么直接沉默以对。检察机关也没有在杨亚敏家中及银行账户上发现巨额资产。但“杨亚敏一直在喊冤”，一位参与侦查的检察官说，“他一直坚持自己不是贪污，而是操作失败。”

所以我们有理由猜测这些赃款中的相当部分，是被杨亚敏拿来私自操作导致了亏损。杨亚敏在金融机构工作了二十余年，亲身见证了证券市场的发展，也深刻体察到了其中的不规范和现存的漏洞。当处于一个监管缺位的领导职位时，杨亚敏的贪欲导致了他的头脑开始膨胀，并逐渐丧失了理智。

即使杨亚敏离职之后，在与其继任者进行交接时，杨亚敏仍再次指使张灵取出104万元公款，其中60万元用于个人炒作期货，虽案发后归还，但剩下的44万元至今不知去向。

令人不解的是，如果仅仅是操作失败，杨亚敏完全可以承认自己的失败，不必要顾及自己的面子问题。毕竟，与死刑相比，面子是微不足道的。

除了投资失败，另一个资金去向的猜测，是被杨亚敏用作行贿。在市高级人民法院的法庭上，杨亚敏也表示自己曾用赃款去行贿。

所以我们有理由相信，杨亚敏贪污的赃款有相当一部分是拿去行贿了。我们无法证实是什么样的人让他以死相护，但这个人或是这几个人，一定是对他有重要影响和重大帮助的人。留着杨亚敏可以让贪官胆寒。如果判杨亚敏死刑，国家的经济损失一分钱也没有挽回，那些贪官从此死无对证，高枕无忧。杨亚敏五年不说，十年八年没准就会说。

就算杨亚敏炒股血本无归，就算请客送礼花掉巨款，但这多少都出于一点公心，也不至于两次畏罪自杀，可见其内心必有隐情。这就引发出第三个猜测，就是杨亚敏将这笔巨款藏在某个亲友处，或者某个不为人知的朋友处。等自己被判处死刑，时过境迁之后，掌握杨亚敏这笔巨款的朋友就会拿出钱来，通过某种隐秘的方式将赃款洗白，然后用于照顾杨亚敏的亲人。但是，杨亚敏的父母年事已高，身为官员的妻子也已经与他离婚。如果仅仅是这个出发点，杨亚敏不但不精明，而且是大大的傻瓜。

而且，杨亚敏的父母在他入狱之后，先后去世，留着这些钱赡养父母显然不可能。

在一个个问号的背后，我们无法参悟杨亚敏内心的玄机。但杨亚敏拒绝交代赃款去向的原因大抵有三个：一是侥幸心理，指望接受贿赂的官员挽救其身家性命；二是死猪不怕开水烫，交不交代反正都是死路一条，不如好人做到底，正所谓“死了我一个，救活一大片”；三是以拒不交代赃款去向作为救命的最后一根稻草，自己不交代，司法机关又查不出来，就有可能不杀他。

宁死不说出赃款下落，成为制约新时期反腐败斗争的一道瓶颈。如何突破犯罪嫌疑人心理防线，有关部门必须采取对策，搞清赃款去向，最大限度地追回赃款，将某些收受贿赂的官员一网打尽。

杨亚敏死不足惜，但近 7000 万元国有资产人间蒸发是本案最大的遗憾，留他一命，也许具有更大的社会意义。毕竟，生命至上！国家利益至上！

生命至上，如果只是官样文章里具有装饰功能的名词，如果只是某些学者故意混淆逻辑后的文字游戏，它存在又有什么意义呢？归根结底，它要落实到每一个公民身上，即使是杨亚敏这样的一个死囚犯。包括法治在内的人类文明，是经由不断博弈、日益积累而艰难获致的结果。

第十五篇

下海杀手扼深喉

经过五年的审判，市高级人民法院终于将熊克武等四人连环杀人案审结，并把他们送上刑场。

在此之前，市第二中级人民法院对这起令人发指的杀人案做出一审判决，法院认定四名被告人“犯罪手段极为凶残，犯罪后果特别严重，均应判处死刑”，并责令四人赔偿受害人家属共计 355 万余元。

混迹于官场多年，下海后拥有数千万资产的熊克武和自己的弟弟、杀手等四人，先后杀死八人，也因此积累下了数千万元家产。这些被害人生前均是他们的朋友、合作伙伴，甚至是情人和结发妻子。在法庭审理中，“四被告人对公诉机关指控的犯罪事实均未做辩解”。而这四个杀人成性的恶魔在供述他们的杀人动机时，只是轻描淡写地说了一句“他们知道的太多了”。

在讲述熊克武杀人团伙的罪恶之前，需要介绍一下主犯熊克武的简要情况。

熊克武生于泰北市，高中文化。20 世纪 80 年代，他曾是京北某机关的一名科级干部。就在将要升任副处长的当口，熊克武的人生在他的聪明脑袋的驱使下，还是拐了一个弯儿，他因诈骗犯罪，被判处 3 年有期徒刑。

熊克武出狱后，被单位除名，从此失去了升迁机会。

熊克武从狱中被释放后，在服刑期间认识的狱友刘乐刚经常到家里找熊克武。同时，刘乐刚也认识了熊克武的弟弟熊克文。

熊克文比哥哥小四岁，大学毕业后也进了机关工作，但他步哥哥后尘，先是因故意伤害罪被判刑五年，接着因犯诈骗罪被判处有期徒刑三年。此后，熊克文成了社会人，他最大的特点是对熊克武言听计从，而且是无条件地服从。

三个有着共同坐牢经历的人很快成了脾气相投的朋友，他们所有的话题都是如何发大财。遗憾的是，他们一直没有找到共同发财的机会。此后熊克武南下深州做生意，发了一笔小财后回到京北，在一家外贸公司担任商务部经理，负责公司进口国外产品的外贸业务。

熊克武所在的公司需要大批量的电缆线及线缆接插件。这是一单大生意，为了拿到这笔生意并从中获利，熊克武首先想到了好朋友刘乐刚。于是熊克武带着刘乐刚来到公司见到了老板刘女士，刘乐刚声称可以帮公司联系进出口业务。刘女士把这单货物有关进口的商务问题交给了熊克武，让熊克武同刘乐刚具体谈协议内容。当时，由于招标单位给的价格很低，刘女士担心亏损，让熊克武想办法将税率降低或者少交些关税以便降低成本。

熊克武想到的唯一办法就是低报价格通关，但他的这种拙劣伎俩却被天津海关发现。不但这批货物被海关扣下，熊克武还被天津海关刑拘30天，并被监视居住半年。因为是熊克武所在公司涉嫌走私，同时被刑拘的还有刘女士。

熊克武之所以仅仅被刑拘30天，是因为他把所有的罪责都推到了刘乐刚身上，死死咬住刘乐刚才是走私的主谋和实际操作者。因为当时海关方面并未抓到刘乐刚，所以对熊克武采取了监视居住的强制措施。最后，熊克武缴纳了180万元的保证金后，他和刘女士才被放了出来。

从看守所出来之后，熊克武担心海关一旦找到刘乐刚，只要刘乐刚一招供，自己肯定被判刑。于是熊克武把自己的顾虑告诉了弟弟熊克文。此时的熊克文已经“三进宫”，按照熊克文的说法，无论任何事情“我都听我哥的”，当然也包括杀人。当熊克武提出“想个办法让海关永远找不到刘乐刚”时，为了打消哥哥的顾虑，熊克文试探着问哥哥说：“要不行，把刘乐刚给办了？”

哥儿俩心意相通，熊克武毫不犹豫地点头认可。随即，熊克文找到了他的两个哥儿们杨武杰与陶桂兴。

杨武杰和陶桂兴都是熊克文的狱友，也是臭味相投的铁哥儿们。杨武杰因犯盗窃罪被判处有期徒刑六年，他的特点是心狠手辣。而陶桂兴因偷窃被劳动教养三年，又因犯盗窃罪被判处有期徒刑五年六个月，他的特点是做事缜密。

熊克文找到两人后说：“刘乐刚知道我哥的事太多了，要杀刘乐刚灭口，防止公安机关找到刘乐刚把我哥供出来，事成之后每人给你们 10 万。”这两个亡命徒想都没想，就答应了下来。

几天后的一天中午，熊克文、杨武杰和陶桂兴冒充警察将刘乐刚带到郊区的一处平房关押起来，用铁丝把刘乐刚的手脚捆上。在关押了几天之后，按照熊克武不留后患的意思，熊克文把杀刘乐刚的想法告诉了两个帮凶，于是三人决定到郊区一带杀人焚尸。

第二天，三人开车走到郊区一个山道的弯道处，杨武杰动手掐死了刘乐刚。随后，杨武杰从车上把尸体拖出来扔到了一座小桥下，将汽油浇到尸体上点燃。最后三人担心被别人发现焦尸，又把尸体放进了后备厢。回城分尸后，三人开车上了高速，在高速公路上，三人将尸块扔到了高速公路边的深沟里，他们作案用的斧子和刀具也全部扔到了大海里。

事后，熊克文如约给两个帮凶发了钱。从此之后，这三个人成了熊克武的杀人工具，只要熊克武一声令下，三人都会毫不犹豫地联手杀人。而熊克武第一次杀人后还是感到很害怕，特意去拜佛上香，祈求菩萨保佑。

但熊克武被海关刑拘的事情并没有了结。熊克武和老板刘女士被放出来之后，他听说海关将那180万元退给了刘女士，同时退还刘女士的还有熊克武在深州被扣押的108万元。所以熊克武被释放后第一件事就是去找刘女士索要。而刘女士称海关只退给了100万元，并很快将这笔钱退给了熊克武。但熊克武坚持认为刘女士手里还有他很多钱，他觉得刘女士是在找各种理由搪塞不给。

在多次索要无果的情况下，熊克武终于跟刘女士翻了脸，两人在刘女士的办公室吵了起来。在离开刘女士办公室的同时，熊克武起了杀心。

随即熊克武找来熊克文说："李老板欠了我几百万一直不还，我找她要但她不给，后来我发现她用这笔钱买了一套房子，还买了一辆奔驰车，干脆你把她给弄死算了。"

熊克文根本没过脑子就答应了下来，接着他找来杨武杰和陶桂兴，三人在熊克武的指点下跟踪了刘女士三四天，弄清了刘女士的生活规律和住处。接着他们在刘女士家楼上租了一套两居室的房子。

趁着夜黑风高，熊克文、杨武杰和陶桂兴三人跟踪刘女士回家，等刘女士一进电梯，杨武杰一个箭步冲进电梯，死死搂住了刘女士的脖子，并把刘女士劫持到他们租的房里。随即，得到消息的熊克武来到出租屋向刘女士要钱。但进门之后，熊克武害怕刘女士认出自己来，最后没敢说话就悄悄离开了。熊克武担心时间长了会出事，决定"做掉"刘女士。

按照杀害刘乐刚的方式，杨武杰和陶桂兴驾车挟持刘女士到高速公路上，杨武杰在车内用绳索勒死了刘女士后，伙同熊克文将尸体肢解，将尸块抛至高速公路旁的深沟内。

此后，高速公路的桥下，就成了这群恶魔抛尸的固定地点。

有钱之后，熊克武找了一个有文化的硕士情人。一次他带着情人段秋月到京北郊区游玩时，发现很多别墅。此时手中已经积攒下一笔钱的熊克武，准备投资 600 万元建三栋别墅，一栋自己住，一栋送给情人。在建别墅前，熊克武找来朋友李工程师负责设计和施工。他与李工程师商定，别墅建成后，李工程师分得第三栋别墅。

别墅建成后，贪婪的熊克武与李工程师发生了矛盾。李工程师提出将熊克武答应给自己的 3 号别墅，作价 500 万元转让给熊克武。而熊克武坚决不干，最后只答应给李工程师 150 万元。由于价钱分歧太大，两人闹得不欢而散。

熊克武愤恨地想，两人合作初期，李工程师曾经说过这三栋别墅的设计是免费的，自己才答应将 3 号别墅给李工程师，而现在李工程师竟然将自己的房子作价 500 万元卖给自己。他越想越生气，就在熊克武跟李工程师签订完转让协议之后，他舍不得自己的利益被别人占有，再次动了杀心。

接着，熊克武对熊克文说："李工程师得寸进尺，你们几个人把他杀了，钱也省下了。"熊克文接着找来杨武杰和陶桂兴，三人商定了杀人的计划。

为了杀害李工程师，杨武杰租了一间两居室。熊克文、陶桂兴和杨武杰都已到齐之后，熊克武将李工程师约到租住处。李工程师进门后，熊克武一使眼色，杨武杰便用尼龙绳勒住了李工程师的脖子。

四人把李工程师勒死后，熊克武甩下了 30 万元现金扬长而去。三个恶魔将这 30 万元平分，在出租屋内分尸后将尸骨扔到了桥下。

而李工程师的妻子在获悉李工程师失踪后，找遍了丈夫可能去的地方都没有找到。苦等了一个月依然没有丈夫的任何消息。此时，熊克武却拿着 100 万元找到了李工程师的妻子。两人经过协商达成协议，熊克武给李工程师的妻子 100 万元作为别墅的补偿，条件是把李工程师的公司无偿转让给熊克武。由于李工程师一直没有出现，李工程师的妻子不懂得打理公司，只好同意把丈夫的公司送给熊克武。

对这次图财害命的得意之作，熊克武禁不住喜悦告诉了自己的硕士情人段秋月，也因此为自己的情人埋下了祸端。

在经过多次杀戮之后，熊克武积累了巨额财产。为了使这些财产获得更大的效益，熊克武和一个叫张玉峰的人联手出资注册了一家公司，主要做医疗器械进出口业务。但熊克武自己并没有当这个公司的老板，而是让张玉峰担任总经理。熊克武之所以这样做，其实并不是为了正常经营，而是利用这个平台进行诈骗。

当上老总的张玉峰对外的化名是吴某。公司成立后的2001年12月，熊克武瞄准了一家负责进出口代理报关的公司，便以中间人的身份，给张玉峰介绍了这家公司的老总。于是，张玉峰请这家公司做进出口代理，之后这家公司开始了和张玉峰公司的业务往来。

张玉峰通过代理公司，从国外定了30台CT机。但是，这些医疗器械却没有卖出去，那家代理公司投入的资金没回来。

代理公司发现1000多万人民币被张玉峰诈骗，连忙报案，但之后却一直没找到张玉峰。于是，他们找中间人熊克武询问张玉峰的下落，熊克武却说："你们别报案了，报案也找不到他，搞不好这小子已经逃到国外去了。"

代理公司的老板听到熊克武的话虽然感觉有点奇怪，但的确再也没有找到张玉峰。不但如此，后来就连熊克武也找不到了。

其实，此时张玉峰已经被熊克武安排的熊克文等三人杀掉了，同时被杀死的还有张玉峰的女友。原因是在张玉峰的运作下，几笔生意下来公司已经积累了两三千万资金，熊克武想拿出点钱来用于其他投资，张玉峰却坚决不肯听话。最后在熊克武的催逼下，张玉峰才拿出100多万美金打到熊克武情人段秋月在外地的公司，之后段秋月用这笔钱买了债券。

张玉峰掌握了公司的实权后，表现出权力膨胀、刚愎自用的架势让熊克武心里很是窝火，而情人的“逼宫”更让他郁闷至极。段秋月只拿到100多万元美金，觉得熊克武财大气粗却拿不出钱来，心里很不痛快，便埋怨熊克武说：“你原先的豪气哪里去了？刘乐刚、李工程师、刘女士挡了你的财路，你都把他们干掉了，干脆这笔钱也别还了，你找人把张玉峰给做了，不就一了百了吗？”

段秋月的一席话提醒了熊克武。接着熊克武就把要“做掉”张玉峰的想法和三个杀手说了。这一次，熊克武根本没和那三人说为什么要杀张玉峰，因为他觉得这已经不重要了。熊克武知道，包括弟弟在内的那三个恶魔，为了挣钱什么事情都能干出来。

也就是说，杀人根本不需要理由。

为了杀张玉峰，杨武杰提出买辆车，熊克武给了他20万元。杨武杰接着还说要去买枪，熊克武又给了他17万元。

按照以往杀人的套路，熊克武让杨武杰在开发区一个小区租了一处楼房。熊克武让张玉峰来到他的租住房屋。张玉峰敲门进屋后就被杨武杰用钢丝绳勒住了脖子，不到两三分钟张玉峰就被勒死了。

张玉峰有一个叫李珂的女友，一旦李珂发现张玉峰失踪，肯定怀疑是熊克武干的。为了斩草除根，熊克武随即给李珂打电话约她过来。当晚，熊克武开车将李珂接到出租屋，熊克文三人将李珂杀害，并将张玉峰和李珂分尸后抛到了桥下。

事成之后，熊克武又扔下了30万元在租住处，至于熊克文三人怎么分，熊克武已经懒得过问。令人心寒的是，至今没有人知道李珂的真实身份、家在何处。而张玉峰遇害时驾驶的那辆价值近百万元的沃尔沃轿车，熊克武交给情人段秋月，段秋月随手给转卖出去。

后来，几个小孩在干涸的大桥下玩耍时，发现了张玉峰和李珂的尸骨。小孩的父亲报案后，由于无法确认死者身份，这起杀人抛尸案一时成了无头案。

随着合作伙伴一个个被杀掉，已经杀掉五个人的熊克武兄弟并没有收手，反而杀顺了手。而在下一步的被害人中，段秋月的身份却非常特殊。这个名牌大学的女硕士与熊克武相识后，两人不但长期保持着婚外情，还共同出资成立了一家医疗设备投资有限公司。

熊克武将张玉峰杀害之后，张玉峰公司的2000多万元资产被熊克武占有，这些钱分别投入了熊克武和段秋月的公司。

熊克武自己有公司，他和情人段秋月共同出资的公司由段秋月经营，熊克武只在其中占有股份。而熊克武在屡次作恶之后，把通过害命搞来的钱大多投进了段秋月的公司，这家医疗设备投资公司已经发展壮大为市值上亿元的大公司。

熊克武觉得，自己为段秋月付出了太多，但随着段秋月公司的壮大和规范，段秋月的欲望也在不断膨胀，而且有时甚至不把熊克武放在眼里。

最让熊克武气愤的是，段秋月将公司搬到了一座豪华写字楼里。在安排办公室时，段秋月单独安排自己一个办公室，安排丈夫彭黎明和聘任的总经理一个办公室，却唯独没有合伙人熊克武的位置。每次熊克武到公司时，别人都只知道熊克武是这个公司的大股东。而对于熊克武的身份，段秋月每次都介绍他在外地做蔬菜生意。每次段秋月这样介绍，熊克武都很不爽地说："我就是一个菜贩子。"

不但如此，熊克武在这个他与段秋月合伙的公司里，越来越没有了权力。本来段秋月的意思是避免别人猜测他们之间的关系，但熊克武却觉得段秋月架空了自己。所以每次到公司之后，只好直接到段秋月的房间尴尬地坐一会儿就走。

更让熊克武担心的是，自己之前杀掉的那五个人，他全部跟段秋月讲过，熊克武也担心这些事从她嘴里跑风。

熊克武就想杀段秋月，但他却迟迟没动手，毕竟从情感上，这个杀人恶魔还在犹豫。

在迟疑中熊克武感到，如果自己不先下手杀段秋月，段秋月很可能找人杀自己。一是两人合伙的公司从开始创业到现在，熊克武投入很多，包括杀人后注入公司大量资金，到后来熊克武却什么都没有得到，而公司法人也在自己不知情的情况下更换为段秋月的丈夫彭黎明。其次让熊克武气愤的是，他怀疑段秋月已经另有新欢，在情感方面欺骗了自己。加上这些年来，段秋月在公司财务上面一直不让熊克武插手，熊克武担心自己会成为第二个张玉峰。

最后让熊克武痛下杀手的是来自于他的敏感。由于对段秋月心存顾忌，熊克武刻意观察段秋月和她身边的人。后来熊克武注意到，段秋月的姐姐和段秋月的一个亲密朋友每次看到熊克武，都不像以往那么热情，而是躲躲闪闪像遇到瘟神一样。熊克武顿时起了疑心。

事实上，熊克武的怀疑是有道理的。段秋月曾经跟自己最好的朋友说过张玉峰等人被熊克武做了，跟熊克武一起挺可怕的，她担心自己迟早会死在熊克武的手里。而段秋月的姐姐更了解内情，熊克武和段秋月一起合伙创办的这家规模上亿元的公司，到最后熊克武没有得到任何名分和地位，心狠手辣的熊克武心里肯定会不平衡，迟早对段秋月不利。

正是由于熊克武的敏感，他加快了杀害情人的步伐。随后，熊克武在段秋月公司附近的一个小区租下一套房子，伺机杀死段秋月。

段秋月生了二胎，就让熊克武给她的小孩上户口，熊克武觉得时机已到，便对段秋月说去找附近朋友帮忙办理上户口的事。接着熊克武马上给熊克文他们打电话，让他们赶到出租屋做好准备。

两人开车来到熊克武的租住地。两人进屋后，杨武杰假意和段秋月握手，一抬手就锁住了段秋月的脖子，而熊克武连看都没回头看一眼，就马上下楼回了段秋月的公司。

熊克武是想回去找到段秋月的丈夫彭黎明一起杀掉。一个多小时之后，熊克武约上彭黎明来到租住地，依然是杨武杰将彭黎明掐死。而熊克武却再次转头又回了段秋月的公司，制造了自己与段秋月夫妇失踪没有关系的假象。

得知熊克文等人已经杀人分尸，将尸骨扔到桥下之后。熊克武拿着段秋月和彭黎明的两部手机，互发短信造成他们还活着的假象。

由于段秋月与彭黎明离奇失踪，段秋月的父亲到公安机关报了案。警方在侦查中发现，段秋月和彭黎明失踪前最后的联系人都是熊克武，加上段秋月公司所在的大厦监控录像佐证了熊克武频繁出入公司，警方锁定熊克武具有重大作案嫌疑。

警方将熊克武抓获当天，熊克文、杨武杰和陶桂兴分别被抓获。同时警方还起获了作案用的对讲机和杨武杰买来的两把仿真手枪，甚至包括碎尸后从段秋月体内取出的两块硅胶。

杨武杰等人落网后，警方才注意到杨武杰曾到当地派出所报案称妻子走失，至今未归。经过审讯，杨武杰供述他将妻子杀害，原因是妻子的婚外情被杨武杰发现。

得知妻子有婚外情之后，杨武杰也在外面找了女人。杨武杰向妻子提出离婚，但妻子坚决不离，两人为此经常打架。

杨武杰的妻子在市场摆摊要交摊位费，便直接从杨武杰帮助熊克武杀人赚来的钱中取了 20 万元使用。由于两人关系紧张，妻子管钱也不给杨武杰钱，杨武杰除了帮助熊克武杀人赚钱外没有别的来钱门路。为了独霸家产，杨武杰一气之下把妻子杀掉，并让熊克文帮忙抛尸后，到派出所报案说妻子失踪了。

熊克武等四个恶魔八年连杀八人，一经披露立即震动四方。市第二中级人民法院开庭审理此案时，由于罪行极恶，这四名被告人手上和脚上分别戴着沉重的镣铐依次被法警押进法庭。

对于检察机关的指控，四名被告人知道自己罪不可赦，纷纷予以认可。对于受害人家属提出的高达上百万元的赔偿，熊克武表示，他和被害人段秋月共同投资的公司现在市值达上亿元，他占有很大的股份，有能力赔偿。

熊克武在供述杀人动机时，只是轻描淡写地说了一句“他们知道得太多了”。而杨武杰八年来帮助熊克武兄弟杀人，他在法庭上承认前后共拿到了五六十万元。杨武杰坦然承认这些年来为了图财把杀人看作自己的工作，当公诉人询问谁参与了碎尸时，杨武杰笑着回答：“基本都是我干的。不怕您笑话，他们干活儿，我还真瞧不上。”而陶桂兴则表示，只要熊克文一说有事要他帮忙，他就二话不说，完全是出于哥儿们义气。

市第二中级人民法院对这起令人发指的连环杀人案做出一审判决。法院查明，熊克武先后指使并伙同其弟熊克文及杨武杰、陶桂兴，残忍地将生意伙伴、熊克武的情人、情人的丈夫及杨武杰妻子等八人杀害。法院同时认定，四被告人的“犯罪手段极为凶残，犯罪后果特别严重，均应判处死刑”，并责令四人赔偿受害人家属共计355万余元。

宣判时，一位被害人家属坐在旁听席上不住叨念：“太狠了！多少个家就这么完了！”在宣判过程中，当提到被告人碎尸过程时，有的受害人家属用手捂住耳朵，表情痛苦地将头深埋下去。

在法庭上面对媒体的镜头，熊克武却没有躲闪，而是刻意保持着一种麻木的神情。在将近三十分钟的判决宣读过程中，熊克武紧闭双眼神色冷漠，直到最后听到死刑的判决结果时，他才轻轻地叹了一口气。

一审判决后，熊克武等人为了拖延走上刑场的时间，向市高级人民法院提起了上诉，经过一系列司法程序，直到审判之后才尘埃落定。

这么一折腾，时间又过去了两年。最终，市高级人民法院终审判处熊克武等人死刑的终审判决，并押赴刑场执行。

对于熊克武屡屡杀人灭口的恶魔行径，一位著名的犯罪心理学专家认为熊克武存在“无情型人格障碍”、“强迫症”，也就是不相信别人，遇到挫折时永远归因于外，从而采用极端方法去摆平对方。这位专家还善意提醒这类人遇到挫折时，应及时寻求心理矫正，身边人也要多观察，及时开导。

也许那位专家善意地把这四个恶魔当作“人”来看待了。如果换一个角度，从兽性而不是从人的角度去审视这四个恶魔，我们就会知道，不应该用人的标准去衡量那些用两条腿走路说着人话的“野兽”。

说“野兽”都有些抬举了他们，有句古话放在这四个恶魔身上一点都不为过：禽兽不如！

图书在版编目（CIP）数据

情悔.1 / 丁一鹤著. -- 北京 : 中国文联出版社，2016.8
ISBN 978-7-5190-1576-3

Ⅰ. ①情… Ⅱ. ①丁… Ⅲ. ①小说集－中国－当代
Ⅳ. ①I247

中国版本图书馆CIP数据核字（2016）第119472号

情悔.1

作　　者：丁一鹤

出 版 人：朱　庆
终 审 人：奚耀华　　复 审 人：胡　笋
责任编辑：蒋爱民　　责任校对：傅泉泽
封面设计：郑金将　　责任印制：陈　晨

出版发行：中国文联出版社
地　　址：北京市朝阳区农展馆南里10号，100125
电　　话：010-85923066（咨询）85923000（编务）85923020（邮购）
传　　真：010-85923000（总编室），010-85923020（发行部）
网　　址：http://www.clapnet.cn　http://www.claplus.cn
E - mail：clap@clapnet.cn　jiangam@clapnet.cn

印　　刷：北京慧美印刷有限公司
装　　订：北京慧美印刷有限公司
法律顾问：北京天驰君泰律师事务所徐波律师
本书如有破损、缺页、装订错误，请与本社联系调换

开　　本：787×1092　1/16
字　　数：168千字　印张：14
版　　次：2016年8月第1版　印次：2016年8月第1次印刷
书　　号：ISBN 978-7-5190-1576-3
定　　价：39.80元